# 그대, 우주의 마지막 퍼즐

# 그대, 우주의 마지막 퍼즐

소창길 에세이

치매를 앓고 계시는 어머니께 바칩니다.

## 작가의 말

　　나이 오십에 유년기를 보냈던 옛 동네를 찾아갔다. 빼곡한 주소들이 인쇄돼 있는 주민등록초본이 두 장이나 되도록 만든 첫 터전이기도 했다. 낯섦과 기대감은 가슴을 콩닥콩닥 뛰게 하고 설렘이 목 주변을 한껏 부풀렸다. 그곳으로 가는 길은 잊지 않았다. 아니 잊을 수 없는 길이라 생각한 이유는 모든 길이 유년의 보금자리가 있던 그곳으로 향하고 있었다는 보이지 않는 믿음이 있기 때문이었다. 어린아이가 흘겨보던 세상은 작아져 있었고, 길옆으로 많은 변화가 들어섰다. 그럼에도 길 중심에서 모두를 알아볼 수 있었는데, 집에서도 내려다보이던 구멍가게 위쪽이 본래 산이었던 것처럼 동네 전체가 산림으로 조성돼 있었다. 메타세쿼이아 나무가 빼곡히 심어진,

유치원 아이들의 산림 체험 학습장으로 바뀌었다는 걸 안내표지판을 보고 알게 됐다. 아뿔싸! 내 작고 여린 영혼과 몸을 담아주었던 작은 집, 또래 아이들과 뛰어놀기에 드넓었던 동네 전체가 사라지고 없었다. 홍제동 산1번지.

지금도 동네 약도를 그리라면 그릴 수 있을 만큼 기억에 선명하다. 산등선을 조금 내려가면 주일마다 다니던 교회가 있었고, 옆 돌계단으로 내려가면 공동상수도가 있는 길이 나왔다. 마당을 높인 장독대, 지하수를 뽑아 올리던 펌프, 벽돌담을 사이에 둔 옆집은 수시로 들락거렸다. 화장실이 있던 현관 초입에 개집이 있었는데 커다란 셰퍼드의 보금자리였다. 목줄에 연결된 쇠사슬이 다 풀려도 벽과 50cm 정도의 여유가 있었다. 우리는 그 사이로 드나들었고 구슬치기를 하며 놀았다. 어느 날 쇠고리로 연결된 목줄이 풀렸고 개에게 쫓겨 머리를 바닥에 파묻고 두려움에 떨며 엉엉 울던 기억이 있는 곳이었다. 그러나 모두 사라지고 없었다. 그날 내가 찾아간 동네의 하늘은 파랬다. 나는 그 푸른 하늘에 어린 시절의 동네를 다시 그릴 수밖에 없었다. 지워진 동네의 모습은 다시 산으로 돌아가 자취조차 찾기 힘들었다. 그렇지만 나는 그곳에서 머물 수 없는 아이로 출발했다는 것을 그날 분명하게 깨달았다.

나는 그곳을 떠나 수십 번을 이사하게 되었고, 사라지는 기억의 징검다리를 하나하나 건넜다. 그 집을 떠난 뒤 아버지가 중동으로 일을 하러 떠나시고, 나는 인왕산 아래 지어진 낮은 주변부에서 십 대를 보냈다. 아버지가 없는 동안 어머니는 계몽사에서 시리즈로 출판된 50선 문고를 집에 들여놓으셨다. 나는 '플루타르크 영웅전'을 비롯한 문고를 읽으며 독서하는 즐거움을 알게 됐다. 어머니는 내게 책을 알려주셨고, 아버지는 가장의 책임감을 여실히 보여주셨다. 그 무렵 나는 시를 좋아해 나이 삼십이 되도록 따라다녔고, 그 후로는 사회에서 해야 할 일에 관심을 쏟았다. 세상에 배워야 할 지식은 너무 많았다. 내가 생각하는 분야에 관심을 쏟았고 거기엔 일정한 주기가 있다는 걸 알게 됐다. 15년마다 내게 변화가 찾아왔다. 그즈음 사랑하는 가족들이 해마다 떠났고 그렇게 나의 삼십 대도 흘러갔다.

조금 정신을 차릴 무렵 책을 들고 다녔지, 글을 쓰는 일은 생각지도 못했다. 불현듯 떠오르는 생각들을 메모나 했지, 그 생각들을 모아 책으로 묶으리라고는 생각하지 못했다. 말하자면 처음부터 의도하고 쓴 글도 아니었다. 십여 년간 써 놓은 간단한 메모들을 모아보니 제법 많은 분량이라는 걸 알 수 있었다. 26년간 다닌 호텔을 퇴사한 뒤, 파편적인 글들을 모아 묶어야겠다는 마음을 먹었다. 하지만 글이 지향하는 바가 제각 각일뿐더러 감정과 감성의 중간을 오가는 글들이 많았다. 성 향이 같은 글을 나누고 주요 인식에 맞는 경험과 추억을 찾아 야 했다.

애초 의도하거나 기획해서 쓴 글이 아니다 보니 전체가 담고 있는 갈래들을 찾는 게 중요했다. 내가 그토록 살고자 했 으나 뜻대로 되지 않고 무질서하게 살아온 인생이 어떤 면면 이어야 수긍할 수 있는가를 질문했다. 정말 의지와 기대만큼 살지 못했다. 그럼에도 내가 걸어왔던 길은, 머무름 없는 아이 가 보이지 않게 일어나는 길을 따라갔다. 그리고 자기만의 방 식으로 지금과 마주하며 빈칸을 향해 밀고 나아가는 우주의 마지막 한 조각 퍼즐이란 인식이다. 작업하고 보니 책 전체의 구성을 다섯 가지 성격으로 묶을 수 있었다.

[그대, 우주의 마지막 퍼즐]은 5부로 편성된 글이다. 유년 시절부터 이십 대를 거쳐 지금에 이르기까지 추억에서 또는, 일상에 감춰져 있던 의미를 찾는 이야기로 구성돼 있다. 1부, 보이지 않게 일어나는 일들에서 5부, 자신이 이 세계에 어떤 존재인가를 자각하기까지 평범한 에피소드에 담으려 했다. 일 상에서 생긴 순간들을 모으다 보니 특별한 것도 없겠지만, 바 쁜 마음이 조금 누그러질 때, 우리가 이 우주의 마지막 증인임

을 간직하는 덮개로 쓰이길 기대한다.


　"모든 순간이 지금이란 얘기는 나도 우주도 마찬가지라는 걸 의미한다. 무엇을 하든 자신이 이 우주의 마지막 퍼즐이라는 사실을 아는 건 중요하다. 그리고 순간은 그 믿음을 바라본다."

# 목차

## 3부 아직은 지금인 이곳에

## 4부 내 멋대로 그래, 네 멋대로

# 보이지 않게 일어나는 일들

"보이는 모습뿐만 아니라,
보지 못하는 이면에도 우리의 시간은 스며있다.
그 많은 시간이 우리가 말하는 미래의 모습이라 믿는다.
거기에서 나를 바라보고
있는 자아는 지금만이라도 잘 이해되길 바라고 있다."

# 누가 먼저였을까?

여러 해 전, 충무로에서 영화 '어스(Us)'를 조조로 봤다. 복제된 존재가 원래의 존재로 대체하고자 벌이는 스릴러 공포 영화였다. 도플갱어라고 해야 하나. 어쨌든, 아무런 해코지 없이 둘이 공존하는 게 아니라, 복제된 쪽이 원래 존재를 제거하고 진짜로 행세하기 위해 죽고 죽이는 내용이었다. 영화는 주인공인 어린 '애들레이드'가 놀이공원에서 복제 아이로 대체된 후 가족의 일원이 된다. 세월이 흐르고 화목한 가정을 꾸린 그녀의 집에 새로운 복제인간이 침입하면서 생존을 건 사투가 벌어진다. 영화는 복제된 존재를 내세워 진정한 주체가 누구인지 묻는다.

누가 먼저 시작한 것일까? 영화를 보고 난 뒤 집으로 가는

지하철에서 다소 신기하고 의아스러운 상황이 눈앞에 벌어졌다. 맞은편 좌석에 나란히 앉아 있던 젊은 여성과 남자가 실랑이를 벌이기 시작한 것이다. 특별할 일도 없어 보였는데 갑자기 벌어진 상황이어서 당황스러웠다. 조용하던 지하철 안은 순식간에 돌변해 버렸고, 객차에 있던 사람들 시선이 모두 두 사람에게로 몰렸다. 나란히 앉아 있었던 사내가 일어나더니 다짜고짜 젊은 여자의 정강이에다 발길질을 가하기 시작한 것이다.

출근 시간이 한참 지났기 때문에 승객은 많지 않았고 평온한 상황에 예기치 않게 벌어진 일이었다. 영문을 모르는 승객들은 궁금함과 의아한 시선들을 두 사람에게 고정하고 있었다. 더군다나 바로 그들 코앞에서 마주 보고 앉아 있던 상황이라 나 역시 두 사람을 번갈아 보면서, "이게 도대체 무슨 일인가?" 싶은 의혹이 보는 내내 더해 갔다. 남자의 주장에 따르면 아가씨가 자신을 계속해서 툭툭 건드렸다는 게 벌어지고 있는 싸움의 발단이자 이유였다. 젊은 여성은 앉아서 별다른 항변없이 반문만 되풀이했다.

"왜 그러세요? 왜 그러시는데요?"

그녀는 남자의 행동을 이해할 수 없고 억울하다는 표정으로 같은 말을 반복할 뿐이었다. 이해할 수 없는 건 나도 마찬가지였다. 내가 똑같은 상황에 놓인다 해도 뭐라 항변할 말을 찾

을 수 없을 것 같았다. 하지만 남자는 갈수록 분을 참을 수 없었는지

"아침부터 재수가 없으려니까, 원, 별."이라고 소리치며 다짜고짜 여자 종아리를 몇 차례 강하게 걷어차고 그 자리를 벗어나는 게 아닌가! 다음 역에 내리려는지 출입구 쪽에 가 섰다. 하지만 분이 덜 풀렸는지 여자 쪽으로 고개를 돌려 째려보기를 반복했다. 잠시 뒤 남자가 내리고 전동차가 출발하자 여자는 그제야 많이 억울하다는 표정으로 중얼거리기 시작했다. 남자가 사라지자 계속 뭐라고 말했다. 몇 개의 조각 단어가 들릴 뿐, 뭐라 말하는지 알아들을 수는 없었다. 여자 자신도 들리지 않기는 마찬가지일 듯했다.

여자는 "아침부터 재수가 없으려니까!."라고 입을 샐쭉거리며 같은 말을 반복했다. 그러더니 너무나 분하고 억울하다는 표정을 담아 옆에 앉은 아주머니에게 호소하기 시작했다. 정황상 그녀가 일방적으로 억울한 일을 당한 것처럼 보이긴 했다. 주위에서는 괜찮냐고 묻는 걱정의 말도 있었지만, 대답은 없이 그저 분하고 어이없다는 표정만 짓고 있었다. 사실 실랑이가 걷잡을 수 없이 커지고 있을 때, '도와줘야 하나?' 그런 마음이 들지 않은 건 아니었다. 남자가 무례한 데다 폭력적이어서 여자가 딱하긴 했지만, 워낙 순식간에 일어났으며 전후

상황을 알 수 없는 나로서는 선뜻 나서기도 어려웠다. 그렇다고 해도 상황이 여전히 이해되지 않기는 마찬가지였다.

　　바로 맞은편에 앉아 있는 내가 보기에도 특별한 상황이 있을 게 없던 두 사람이었다. 우리는 일반적이지 않은 사람끼리 만나 특별한 관계를 나누고 특별해진다. 우리는 누군가에게 관심이 생겼을 때 자신을 드러내고자 상대의 마음을 두드린다. 그리고 자신의 마음을 밖으로 내비치며 상대의 마음을 구하려 노력한다. 자신을 밝히려 애쓴다. 하지만 솔직하게 좋다고 말하는 것과 혼자 좋아하는 짓을 하는 것은 전혀 다른 문제다. 다시 말해, 일방적으로 상대방이 싫어하는 일을 대놓고 혼자만 표현할 때, 역시 같은 문제를 불러오는 게 아닌가 싶다. 누가 먼저 시작했는가에 대해서는 두 사람만이 알뿐, 아무도 알 수 없을 것이다. 그렇더라도 백주에 거침없는 육두문자와 거리낌 없는 발길질이 벌어지는 세태만은 참 안타까웠다. 갈수록 터무니없는 세상이 되어가는 건 아닌가, 씁쓸했던 광경이었다.

　　영화가 아니더라도 언젠가는 복제인간을 만들어 삶을 연장하려는 인간의 욕망이 실현되는 때가 올 것이다. 본래 자신이 될지, 복제된 존재가 더 오래 살게 될지는 알 수 없는 일이다. 하지만 누가 행복을 놓지 않고 더 지속된 삶의 주인공이 될 것인가라는 질문에 답은 가능할 것 같다. 아마도 상대를 증오하고 외면하는 쪽은 아닐 것 같다. 내면에 어두운 그늘이 드리워져 더 나아갈 세계가 없을 테니까. 그러나 먼저 용서하는 쪽이라면 그 사람이 마지막에 주인공이 될 가능성은 커질 것이다. 이해하는 의식은 등불처럼 멀리 비출 테니까.

그런 측면에서 얘기하자면, 지하철의 두 남녀는 이제 등불이 꺼진 채로 각자 살아갈 것이다. 그래서일까, 안쓰러워 보이던 그녀의 얼굴에 짙은 그늘이 드리워지는 게 보이기 시작했다.

# 물에도 혼이 있다면

　　세상에 참 신기하다 싶은 물건들은 많다. 그런데 그런 신선한 분류에 맷돌이 그렇다고 말한다면, 어째서 그러냐고, 뭔가 어울리지 않고 이상하다고 여길는지 모르겠다. 그렇지만 '믿지 못할 일이야!' 같은 단어가 연상될 때면 나는 그 생각이 절로 난다. 그리고 신기한 건 나 역시 왜 그런지 곧바로 의구심으로 바뀐다는 것이다.

　　요즘은 주변에서 쉽게 볼 수 없는 물건이다. 사용법은 위짝에 암 쇠와 아래짝에 숫 쇠를 고정하고 위짝 구멍에 곡식을 넣고 돌리면 곱게 갈려 가루가 된다. 여기서 참 신기하다 싶은 게, 맷돌의 위짝 아래짝이 서로 맞부딪치면 돌 부스러기라도 갈려 나올 법한데, 그게 절대 그렇지 않다는 점이다. 간간이 물을 넣어주면 그만이라는 데, 지금까지도 나는 그걸 이해하지 못하고 있다.

봄에서 가을까지 밭농사에 일손이 필요한 때면 처가에 내려가곤 한다. 하루는 한참 밭일을 한 뒤 무뎌진 낫을 숫돌에 갈고 있을 때였다. 별생각 없이 숫돌에 물을 끼얹다가 불현듯 낫의 날을 벼리는 일은 숫돌 때문이 아니라, 물에 의해 다스려진다는 생각이 머리를 스쳤다. 물이 내는 부드러운 길들임으로 서슬 퍼런 날이 설 수 있다는 생각. 낫이 됐든 칼이 됐든 가위가 됐든, 들판의 생명을 쉽사리 벨 수 있을지언정, 물을 벨 수 없음은 물이 날을 벼렸기 때문이라는 생각에 닿았다. 물의 혼이 칼날에 깃들었으므로 결국 무엇도 벨 수 없는 속성을 부여받는다고 생각했다. 어떤 것도 벨 수 없기에 피를 요구하는 칼의 폭력은 물의 혼이 깃들지 않은 것에서만 생겨난다.

세 자루 낫에 날을 세우고 집 뒤편에 자라고 있는 대숲에 들어 장대비처럼 가느다란 대나무 두 대를 꺾어 나왔다. 낫으로 다듬고 있는 내게 다가와 아내가 물었다.

"뭐 해? 대나무는 뭐 하려고?" 나는 대나무 마디를 다듬으며 대답했다.

"회초리 만들어."

"회초리? 그건 뭐에 쓰게? 나 혼내려고?" 아내가 슬쩍 농담을 건넸다.

"아니, 나 때리려고. 내가 나 보기 싫을 때 많거든. 그때마다 종아리 치게!" 아내는 한 개만 만들고 말라는 말을 남기고 집 안으로 들어갔다. 나는 대나무 두 대를 나눠 잘라 일곱 개의 회초리로 만들었다. 잘못하는 일만 있으면 나를 칠 녀석들이다. 방벽 구석에 세워두고 채근할 일이 있을 때면 서릿발처럼 채근하리라는 마음을 먹었다.

그러고 보면 낯을 보고도 기억이 아니라고 할 만큼 서툰 생각을 할 때가 있다. 신기하다는 생각이 의구심으로 바뀌는 걸 허용하는 일처럼. 어쨌든 맷돌에 곡식을 갈아내는 일이든, 숫돌에 날을 세우는 일이든, 마른 대나무에는 혼이 있을 리 없다고 생각한다. 물기가 없는 혼이라니!

아무리 생각해도 물기를 머금은 대나무일 때 채근이 유용하리라는 생각을 지우기 어렵다. 바짝 마른 대나무로는 다스리지 못할 것 같은 생각에서다. 그 때문인지 내가 일방적으로 말하는 언어에도 혼이 있다고 생각지 않는다. 내게 되돌아와 상쇄해야 할 말이 없는 마른 말에는 혼이 없었음을 알게 돼서다. 혼이 있는 것은 젖어 있다. 젖어 있는 것에 혼은 깃든다.

# 발성 연습

내가 이 글을 쓰는 계기가 된 건 뻐꾸기 때문이다. 뻐꾸기는 사실 눈으로 발견하기 어려운 새에 속한다고 말할 수 있다. 그건 우리가 깊은 계곡에서 우는 소리만 들었기 때문인 듯하다. 그리고 무엇보다 TV 영상을 통해 푸른 나뭇잎들 사이 어딘가에서 먼저 들었을 가능성이 높은 이유도 한몫한다. 5월 말 북한산 419 민주 묘지 둘레길을 탐방하다 잠시 전망대에 앉아 쉬고 있는데, 아주 가까운 숲에서 뻐꾸기 소리가 들렸다. '뻐꾹 뻐꾹' 단 두 음절에 불과한 울음소리였지만 그날은 새롭고 특별했다.

새파란 5월 하늘까지 다 뒤흔들 만큼 깊고 우렁찬 소리가 아득하게 울려 퍼졌다. 기분 때문이었을까, 그 소리는 함성의 메아리처럼 내 가슴으로 파고들었다. 어디에서 나오는 소리인지 찾아보자고 눈에 신경을 가득 모아 둘러봤지만 찾을 수 없었다. 그때 나는 두 가지를 느꼈는데, 하나는 '새소리가 이렇게도 클 수 있구나!'라는 것과, '지금 소리는 이 세계가 아닌 다른 세상에서 흘러나오는 소리?'라는 생각이다.

정말 그렇게 느껴졌다. 보이지 않는 새, 지금 순간에도 귓전을 울리지만 찾을 수 없는 소리. 새의 작은 부리에서 나는 소리는 어쩐지 이 세상에서 나오는 목소리가 아닌 듯했다. 뻐꾸기 소리는 무더운 여름 시원한 계곡의 폭포 물소리와 동시에 들어도 그 소리가 크게 들린다. 아무것도 물지 않은 부리 속 공간을 상상했다. 거기에 보이지는 않았지만, 커다란 오선(五線) 안에 작은 오선들로 가득 채워져 있는 모습이 떠올랐다.

그날 이후부터였다는 생각이 든다. 노래를 부를 일이 생기면 가사 한 음씩을 최대한 낮은 음에서 가장 높게 낼 수 있는 음까지 올리는 연습을 하게 된 것은. 그러니까 한 자씩 가능한 음을 모두 내는 것만으로 한 곡의 노래가 가능한 음계들이 잡힐 것이란 생각에서다. 오선이 켜켜이 그려져 있는 공간에서 흘러나오는 한 음 한 음은 뻐꾸기가 내던 소리의 합과 다를 바 없다고 생각했다.

그래서 노래는 다른 세계에서 흘러들어와 이 세상에 잠깐 공명하다 사라지는 소리로 여겨진다. 나는 가수도 아니고 음악을 전공하는 사람도 아니다. 하지만 노래를 좋아하는 보통의 사람이라 말할 수는 있다. 세상에는 수만 가지의 발성법이 있고, 수많은 가수와 음악인 역시 자신만의 발성법으로 노래를 부른다. 그래서 지금 내가 얘기하고 있는 발성 연습은 나만의 발성법임을 잘 알고 있다. 다만 어느 날 우연히 새소리를 듣고 그 오묘한 처소가 어디일까 궁금해하다 나름 갖게 된 발성법일 뿐이다.

한 곡의 노래 가사 한 자씩을 저음에서 고음까지 점차 높여보면 느껴지는 게 있다. 한 음씩 모든 음계 소리를 내보는 이유는, 전체 멜로디 고유의 음을 내서 나름 정확하게 붙잡을 수 있다고 믿기 때문이었다. 하나의 곡에서만 오로지 낼 수 있는, 영원성에서 흘러나오는 하나의 소리. 그래서 내 숨의 끝은 어디까지인지, 어떻게 뻗어나가다 사그라지는지, 소리를 내지를 때의 음량과 음의 세세함은 어떠한지를 느끼려 한 것이다. 그렇게 해서 마지막으로 뻗어나가는 소리가 무엇과 이어지며 영원성으로 흘러가는지 느낄 수 있기를 바랐다.

5월이 아닌 계절에도 둘레길을 걷는다. 돌다 보면 또 419 둘레길 전망대를 지나간다. 그러다 보면 뻐꾸기 소리와 내가 생각했던 발성법이 문득 생각난다. 지금은 노래마저도 잘 부르지 않지만, 그래도 가사 하나하나를 다 그런 식으로 발성하고 끝내는 노래 부르기가 있었다. 올해도 5월의 뻐꾸기 소리는 4월의 영원성에서 시작해 다시금 잠들어 있는 영혼들을 일깨워 주려는 함성으로 들리는 것만 같다.

# 속눈썹

안경테가 교묘히 비틀어진 줄도 모른 채 쓰고 다니다 보니 눈은 침침해지고 시력도 몰라보게 떨어졌다. 어떤 까닭인지도 모르고 그동안 하는 일이라는 게 고작 안경을 닦거나 코 받침 높낮이를 맞추는 일이었으니 알 리가 없었다. 안경 전체를 점검해야 한다는 걸 간과한 덕분이었다. 한동안 눈이 피곤하고 자주 눈살을 찌푸리며 눈물까지 흘리고 나서야 안경원에 찾아가 점검이란걸 받았다.

"안경 상태 점검 좀 해주세요." 직원에게 안경을 벗어주며 내가 말했다.

"예. 좀 볼게요. 잠시만 기다려 주세요." 안경사가 받아 들고 안쪽 정비실로 들어갔다. 잠시 뒤 제 자리로 돌아온 직원은 안경을 좀 더 매만지다 내게 건넸다.

"써보세요. 한결 괜찮아졌을 겁니다. 안경 틀이 심하게 틀어져 있었네요." 한결 깨끗해 보이는 안경을 받아 착용했다. 설마 했는데 이전보다 사물들이 선명히 보이기까지 했다. 마치 새로 안경을 맞추기라도 한 것처럼.

"안경이 얼굴이나 코의 윤곽에 따라 약간씩 뒤틀리게 될 수 있거든요. 그러면 초점이 틀어지게 되죠. 가끔 오셔서 교정해 주시면 좋습니다." 향후 서비스까지 보장해 준다는 얘기였지만, 다른 안경원을 찾지 말고 계속 이용해 달라는 말로 들리는 건 어쩔 수 없었다.

지나서 생각해 보니 언제나 보는 일에 열중하면서도 지금처럼 부적응이 작동됐다면, 하나의 사실에 대해 좌, 우, 두 개의 틀이 뒤틀려 있었기 때문이란 생각이 들었다. 그렇다면 숨겨진 의도를 볼 수 있는 개인의 심력(心力)이 중요하겠구나 싶었다. 올바르게 보기가 어떠해야 하는지는 애매모호한 측면이 있을 것이다. 그럼에도 내가 그동안 겪은 바로는 마음에 구김이 없어야 하고, 찌푸리거나 복잡함 때문에 눈물을 흘리는 일까지는 없어야, 선명함과 편안함이 지속되는 바로보기가 아닐지 싶다.

벚꽃이 만개해서인지 더욱 선명해 보이던 4월 어느 날, 꽃을 보다 문득 떠오른 생각.

"꽃이라는 낱말 속에는 오롯이 꽃만 존재하지 아니하고, 오리라는 글에는 오리만 있는 것이 아니며, 나무라는 글에는 나무만 존재하는 것이 아니겠구나."였다. 비단 그뿐만 아니라 사랑에도, 미움에도, 용서에도 온전히 그것만 존재하는 것일 수 없다는 얘기다. 그래서 이 세상 어떤 단어 속에도 저 홀로 그것만 있는 건 있을 수 없다는 게 나름의 바라보기가 됐다.

두 눈은 마음의 창이라고들 말한다. 하지만 눈을 바라본다고 어찌 그 사람을 다 알아볼 수 있으랴. 숨은 의도나 의미가 무엇일지는 더 알기 어렵다. 오히려 보는 만큼 이해하지 못하는 측면도 생길 수 있음을 간과해서는 안 될 것 같다. 다만, 한참 바라볼 수 있는 시간이 주어진다면 감사할 것 같다. 눈을 통해 받아들이는 정보량이 팔십 퍼센트나 된다고 하니, 숨은 의도와는 상관없이 보이는 그 자체도 무시할 수 없는 것만은 사실일 듯하다.

다음 날 오전, 문화회관 광장을 돌아다니던 비둘기가 떨어진 벚꽃잎들을 부리로 찍어 먹으며 먼 하늘로 날아가는 걸 보았다. 그리고 봄비가 장막처럼 아득하게 쏟아져 내리는 광장을 3층 유리창을 통해 내다본다. 봄비는 내리고 벚꽃들은 맥없이 바닥으로 떨어지고 있었다. 왠지 처음 자신이 머물던 곳으로 가려는 채비로 읽혔다.

오늘 모처에서 나는 어제 읽다가 접어두었던 책을 펼쳐 몇 줄의 문장을 읽어가다 문득, 활자보다 먼저 세상을 보이게 하고 지우는 어떤 이를 느끼게 됐다. 보았다고 해야 할까? 80% 대부분의 세상을 쥐락펴락 그렸다가 지우는 속눈썹임, 임에게 순간순간 잘 그려 주십사 부탁한다. 진득한 맛이라고는 하나도 없지만, 그래도 이 세상 하 예쁘게 잘 보여주십사 하여.

# 전하지 못한 말 한마디

출근과 퇴근을 할 때마다 마주치는 노인이 있었다. 지팡이를 짚어가며 걷는 운동을 하는 것으로 보였다. 이유는 알 수 없었으나 노인의 걸음걸이는 힘들어 보였다. 보통 성인의 한 걸음을 열 번으로 나눴다고 해야 할 만큼 조금씩 천천히 걷는다고 보면 맞을 것이다. 출퇴근 시간에 마주쳤으므로 매일 온종일 꾸준한 운동을 하고 있다는 생각이 들었다.

처음 그 모습을 보게 된다면 비유가 적절한지는 모르겠으나 마치 대열을 맞춰 오차 없이 전진하는 병정이 연상될 정도다. 시계 초침이 일정하게 움직이는 것과 같은 속도여서 시간의 흐름과도 흡사한 느낌이었다. 그렇지만 지나치는 사람들은 한결같이 질주 코스프레라도 하듯, 그런 그를 두고 빠르게 지나쳐 갔다.

"쾌차하세요", "힘내세요"라는 말과 함께 나는 주머니에서 사탕을 꺼내 건넨 날도 있었다. 그를 지나칠 때마다 다시 건강하게 걸을 수 있길 바랐다. 분명해 보이는 건 그가 자신의 모든 힘을 동원해 걸으려는 의지를 불태우고 있는 모습을 보여주고 있다는 점이다. 그와 마주칠 때면 관절염 때문에 걷기 힘들어하시던 어머니 모습이 떠올랐기에 사무실로 가는 동안 기도했다.

문제의 그날도 출근하면서 그와 마주하게 됐는데, 평소와는 많이 달라진 모습이었다. 지팡이를 쥔 오른손과 상체가 더 기울었고, 걸음은 더뎠으며 지팡이에 더 많은 힘이 실리고 있는 것처럼 보였다. 오늘은 위태로워 보이기까지 했다. 움직이려는 의지는 더 강해졌겠으나 마음만큼 앞으로 나아가지 못하고 있었다. 왠지 매일 꾸준한 걷기 운동이 무색해지는 건 아닐까, 그런 걱정이 앞섰다.

"힘드시겠지만 그래도 계속 운동한다면 지금만큼 유지해줄 힘을 얻는 일이니까 힘내세요." 오늘도 그를 바라보며 마음속으로 응원했다. 여기까지는 진심을 담아 내가 노인에게 보냈던 마음이었다.

'따-악!' 지팡이, 노인의 지팡이가 나의 정수리를 내리쳤다. 여기서부터는 나의 상상력으로 이어진다. 내게는 너무나 친숙한 그가 지팡이로 머리를 내리쳤다는 사실에, 고통이고 뭐고 믿을 수 없다는 표정으로 그를 쳐다봤다.

"왜 웃어!" 노인은 자신을 쳐다보고 웃는 내 모습에 분노가 치밀어 오른 모양이었다. 굳은 낯빛에 어눌한 발음이었지만, 이제는 누구랄 것도 없이 모두 똑똑히 들으라는 듯이 목소리를 높이기 시작했다.

"왜 무시하고 비웃어! 내가 그렇게 불쌍해 보여? 왜 비웃느냐고~ 왜!"

그날 내 작은 상상이 끝나고 얼마 후, 공교롭게도 걷기 운동을 하던 노인의 모습은 보이지 않았다. 적어도 출근길에서는 더 이상 그를 볼 수 없었다. 사무실에 앉아 그동안 노인과 마주쳤던 기억을 떠올렸다. 험난했을 수개월의 시간이 흘렀지만 내가 그에게 직접 해준 말이라고는 고작 서너 번에 불과했다는 점이다. 마음으로 응원했다지만 지나칠 때마다 힘이 되는 말을 해줬더라면 어땠을까 후회가 밀려왔다. 지나고 보니 속으로 하는 말들은 아무 소용이 없었다는 걸 깨닫게 됐다.

비록 힘겹게 운동하는 그의 모습을 눈앞에서 볼 수는 없게 됐지만, '이사 했더라도 어디서든 운동은 열심히 하시겠지!' 하는 마음으로 지금은 그 길을 지나간다. 누구라도 본인이 아닌 이상 자신의 행방을 알 수 있는 사람은 없다. 물론 어떤 상태에 놓였는가에 대해서도.

　그 뒤로 수년의 시간이 지나갔다. 그리고 그때 일로 내 진정성이 무엇인가 보다는, 매일 해주고 싶거나 해줄 수 있는 할 말만 그 순간마다 해줄 수 있었더라면 어땠을까, 하는 교훈을 얻는다. 매일 아침 일어나는 일을 경험하고 있다면, 말을 건네는 행위는 나에게 또 남에게도 해주는 위로와 용기가 될 것이다. 그러니 생각이 날 때는 사랑하는 사람에게 안부를 물으며 자기를 보여주는, 그 한마디를 나부터 전하면 어떨까.

# 비워낸 자리에

매일 똑같은 방식으로 세상을 바라보는 탓일까. 으레 주변 모습이 아슴푸레해 보이는 굳은 얼굴을 하고 있어 보인다. 그러다 가끔 유심히 집 안의 물건들을 바라볼 때면 얼굴이 사뭇 달라 보일 때가 있다. 요즘 들어 부쩍 다이어트가 절실한 내 모습과 다르지 않아 보인다. 그처럼 느껴지는 때는 사소하더라도 새로운 기분에 젖을 수 있도록 전환해 줘야 달라진다. 그래서 우리는 하루 날을 잡아 대청소라는 일을 벌이게 되는 것 아니겠는가.

"여보, 이번만은 올해 한 번도 안 썼던 물건은 과감히 싹 다 버리는 걸로 해요!" 내가 결연하게 말하자 아내가 받아 준다.

"그래요. 이참에 제대로, 과감하게, 싹 다!" 아내의 적극성에 오히려 작은 놀라움이 일어난다.

지금 사는 집으로 이사 오기 전, 부동산 중개인을 통해 여러 집을 알아보고 다니던 때였다. 집을 찾아서 다니다 보면 살림집을 방문하는 느낌과 신축 집에 들어서는 느낌의 차이가 다르다. 빼곡히 들어찬 세간에 얹힌 일상을 감지하게 되는 경우 그 집에서도 갑갑한 느낌을 받는다. 비유해서 말하자면, 일상의 부대낌으로 꽉 채워진 협로를 지나다닌다는 느낌을 지우기 어렵다. 그건 타인의 삶도 내 일상에 채워진 속내와 크게 다를 바가 없는 일이란 걸 확인한다는 뜻이기도 하다.

결국 비움에 실패했음을 자인하지 않을 수 없도록 나는 번번이 통로를 채워왔던 셈이다. 처음 새집에서 가급적 세간에 많은 모서리가 보이지 않길 원했다. 커다란 물건들로 방을 재단하도록 두고 싶지 않은 이유에서였다. 우리가 바라는 일은 늘 뜻대로 되지 않는다. 집안은 모서리들로 채워졌고, 하나둘 보이지 않는 곳까지 쌓여만 갔다. 그렇다 보니 수납장을 채웠던 신발 몇 켤레, 장롱의 옷 몇 벌을 버린다고 집이 넓어지지 않는다. '그렇다고 해서 매일 사용해야 한다는 이유를 들어 식탁을 치워버려야 하나?' 그런 생각마저 들기도 했지만, 우습지만 이것이 비우려는 본질은 아닐 것이다.

마음이 무겁거나 원하는 대로 몸이 따라주지 않았을 때는 가까운 북한산으로 등산을 간다. 이런저런 생각으로 복잡할 때 등산은 머릿속 생각들을 말끔하게 씻어준다. 간혹 산에 오르면서 생각을 정리하겠다는 마음을 내보지만, 언제나 그건 내 바람에 그칠 뿐이다. 그래서 산을 오르는 일은 생각을 정리하는 일이 아니라, 찾으려 해도 보이지 않아 엉킨 매듭을 끊어내는 일과 흡사하다는 생각이 든다.

그렇기에 문제는 내 안의 욕망 사슬을 하나씩 끊어내는 일에서 일상이 가다듬어져야 한다는 힌트를 얻는다. 우리가 물건보다는 불필요한 습관을 떼어 버릴 때, 더 넓어지는 자유를 경험하게 되는 것처럼. 그러므로 내게 필요한 환경이란 지금까지 나에게 불편을 끼치는 것과의 관계를 끊어버린 후 나로 있을 때다. 내 경험에 의하면 사람에게 집중하고 있을 때, 그 환경이 나를 자애롭게 감싸주고 있음을 여러 번 느낀 적이 있다. 다른 것과 많이 관계하고 있지 않을 때 환경은 나를 받아들일 뿐 배척하지 않는다. 그래서 비워질수록 예민해진다는 것도 이해하게 된다.

화창한 주말 오후, 집을 청소하고 이전과 다르게 단장하는 것만으로도 우린 작은 변화의 기쁨을 느낀다. 외적인 변화도 그러할진대 비록 보이진 않더라도 작은 욕망의 사슬 하나를 과감하게 잘라낸다면, 그 비워낸 자리야말로 자유를 향한 통로가 되리라. 그걸 진짜로 경험하길 원한다면 지금 움켜쥐고 있는 욕심 한 가지만 버리더라도 대단함을 알게 될 것이다. 그리고 비워낸 마음을 타인에게 주는 마음으로 바꿀 수 있다면 그의 삶은 사람의 숲으로 둘러싸일 게 분명하다.

빈 저금통에 하루도 빠짐없이 동전을 넣어 가득 찬 저금통을 누군가에게 기꺼이 기부하는 일처럼, 이제껏 자신만을 위하던 습관 하나를 통째로 비울 수만 있다면 무엇이 달라질까? 그러면 고도로 예민한 감각이 현실을 만들어내고 있었음을 알게 될지 모른다. 새롭게 보는 일은 가득 찬 세상을 비우고, 있는 그대로의 모습을 보는 일이다. 그럴 수 있다면 내가 있는 환경은 언제나 자애로운 가운데 내가 원하는 대로 이야기가 이어질 뿐만 아니라, 영원히 보호받음도 발견하게 될 것이다.

# 김장밭 풍경

11월 중순, 겨울로 들어서는 계절이 되면 김장하러 처가에 간다. 올해도 마찬가지다. 해마다 장모님이 심은 유기농 무와 배추로 김장을 해왔다. 초겨울 푸릇한 바람이 빠져나간 너른 들녘은 허허롭다. 나는 여름이 빠져나가 움푹 파인 늦가을의 빈 들녘을 따라 시골의 고즈넉한 정취를 느끼며 걸었다. 옆집 찢어진 비닐하우스가 바람에 산들거리고 있었다. 해 질 녘 들판을 걷다 상념에 잠겨 서 있으니, 아련한 고요함이 나를 온기 있는 하나의 식물로 느끼게 해주었다.

앞서던 발걸음을 멈추고 되돌아가려는 순간, 빈 그릇 같던 들녘 어딘가에서 개 짖는 소리가 울렸다. 어떤 녀석인가 싶어 두리번거리며 찾았더니 시골에서는 좀체 어울리지 않을 만

큰 작은 검둥개였다. 녀석은 이미 한참 전부터 나를 탐색했다는 듯 쉼 없이 짖어댔다. 짖는 소리가 크지 않았으나, 고요히 가라앉아 있는 마을을 뒤흔들기에는 충분했다. 녀석의 첫인상은 작고 약해 보였고, 계속 짖어대다가는 탈진할 것처럼 애처로워 보였다. 하지만 녀석을 우습게 봐서는 안 됐다는 사실을 그때는 꿈에도 알지 못했다.

　아무 짓도 안 했건만 그토록 짖는 이유를 찾아보니 우선 경계와 위협일 가능성이 컸다. 녀석에게 나는 난생처음 겪는 낯선 경험의 시작이자 크기에서도 위협적인 존재였을 것이다. 그러니 제 딴에는 으르렁거리며 짖어서라도 나를 막고 몰아내야 할 대상으로 감지한 게 아니었겠는가. 그렇다면 나라고 가만히 있을쏘냐! 우선 움직임을 멈추고 녀석의 동태를 살피면서 나 역시 응시했다. 그러자 기다렸다는 듯이 허공을 향해 몇 번 목을 빼 연속해서 짖어대기 시작했다. 고즈넉한 마을에 어둠이 처마 밑까지 내려앉을 즈음, 녀석이 짖어대는 소리가 들녘의 지면과 어둠 사이를 밀어내면서 공명하고 있었다.

　나는 너의 치명적인 적이 아니라고, 될 수 없다고, 그리고 앞으로도 되고 싶은 생각이 추호도 없음을 보여주며 녀석을 다독이고 싶었다. 고요하던 마을이 뒤흔들리기 전, 그때 그랬어야 했다. 그러는 사이에도 어두워진 허공 여기저기에다 고개를 젖혀가며 짖어대기를 멈추지 않았다. 목청이 가다듬어져 쩌렁쩌렁 울리는 탓에 위치를 이동해 몸을 숨겼다. 하지만 모습이 보이지 않는다고 해서 짖어대는 걸 멈추지 않았다. 그뿐만 아니라 짖어대는 소리도 일정한 음률을 타며 점점 커졌다. 보이지 않으면 더 위협을 느끼게 만드나 싶어 오히려 내가 주춤해졌다.

경계와 위협의 원천은 보이지 않다가 보이는 경우, 보였다가 다시 보이지 않는 차이에서 비롯되는가 싶다. 그 순간 녀석이 자기라는 존재를 감지했을지도 모른다고 생각했다. 녀석에겐 내가 보이지 않는 존재가 아니란 걸 그때 깨달았다. 그건 마치 친구 등 뒤에 머리를 숙이고 책상에 엎드리면 선생님이 못 볼 거라는 생각과 비슷하다. 아마도 그때가 녀석에게 무엇인가 일어났다 사라지는 순간이리라. 그러다 이전 고요의 정체성에 빠져들면 다시 모습을 보이라고 호소하듯 짖어대 마을을 온통 뒤흔들어 놓고 있는 것 같았다.

나는 녀석이 감지할 수 없는 먼 곳까지 조심스럽게 후퇴하면서 나를 가려주던 비닐하우스를 벗어났다. 잠시 뒤, 비로소 경계가 사라졌는지 녀석은 짖는 걸 멈췄다. 방으로 돌아온 뒤 좀 전 상황을 다시 떠올렸다. 경계와 위협은 먼저 '보이지 않음에서', '보이면'으로 이어진다. 상대가 보이지 않을 때 녀석의 자기 감각이 가장 고조된다. 나 역시 세상과의 갈등은 대부분 이러한 관계에서 비롯되는 것으로 이해가 됐다. 세상에 대한 경계를 늦추지 않고 위협이 될지라도, 상대가 다시 보이는 순간까지 나를 드러내고 삶을 나눠야 한다는 식으로.

어느 해 늦가을, 김장이 끝나고 어둑해진 허허로운 들녘에 내가 있었고, 어둠이 내려앉자 짖어대던 검둥개가 있었다. 지금도 어둡고 깊어진 고요 속에서 두 눈을 밝히고, 귀를 쫑긋 세우는 녀석이 있을 것이다. 자기를 지워내는 암흑의 위협을 향해 경계를 늦추지 않고, 오늘도 짖고 있을 녀석 모습이 선하다. 그리고 녀석과 대치하던 그때의 나 또한 어두운 빈 들녘을 아직도 서성이고 있을 것이다.

모든 사물이 지워진 밤, 그리하여 지금은 '너', '나', '우리'라는 세계를 차분히 엿보게 해주던, 그러한 저녁.

# 보이지 않게 일어나는 일들

놀라운 생각이란, 누구도 예상치 못한 기발한 발상으로 그 내용에서 비범함과 탁월함을 드러내는 사고력이라 생각해 볼 수 있으리라. 내가 매일 그와 같은 생각들을 하며 세상을 놀라게 할 수 있는 사람이면 얼마나 좋을까. 하지만 나는 지극히 평범한 사람에 불과할 뿐이다. 그래서 놀라운 생각이라기보다는 오히려, 누구도 알아보지 못할 수 있는 일이어서 놀랍지 않은 얘기가 될 듯하다.

집에서 가까운 문화회관 독서실을 이용하던 때였는데, 그날도 제일 먼저 입실을 한 날이었다. 아침 운영 시간보다 먼저 도착해 기다리다 입실하는 날이 많았다. 관리자가 키를 가져와 문을 개방하면 첫 번째로 들어갔다. 사실 정식 독서실도 아니고 지역 주민들을 위한 공간이었기에 개인 독서대를 제외하고는 열린 사무실과 다를 게 없었다. 대학 도서관처럼 오픈 테이블에 의자가 전부인 그런 곳이었다.

자리에 연연하는 성격은 아니지만, 내가 봐도 열람실에 좋은 자리가 있다는 걸 알아볼 수 있을 것 같다. 좋은 자리라는 게 어떤 것인가에 대해서는 사람마다, 그리고 상황에 따라 의견이 분분할 수 있다. 조용하게 자기 공부를 하려는 사람이라면 구석 자리를 선호할 것이고, 노트북을 이용해야 하는 사람이라면 전기를 불편하지 않게 사용할 수 있는 자리가 그런 것처럼. 책을 읽으려는 나로서는 특별하게 좋은 자리가 따로 있을 리 없었다. 그렇지만 한동안 나는 그런 내막을 알지 못한 채, 누군가에게는 명당이 될 만한 자리에 앉아 책을 읽는 날이 계속됐다.

사람들은 대체로 같은 시간에 입실을 반복하고 있었다. 아침 한 시간 동안 일어나는 일은 거의 정해진 순서대로 흘렀다. 독서실을 이용하는 여러 사람 중에 노트북을 사용하는 사람이 몇 명 있었다. 그중 한 사람은 번번이 나보다 늦어 전기 콘센트가 있는 창가가 아닌, 조명이 어두운 구석에 앉는 날이 다반사였다. 하루는 그 상황이 문득 눈에 들어왔고 나는 그 사람을 위해 지금껏 앉은 자리를 비워두기로 마음먹었다. 그런데 그 양

보라는 일도 알게 모르게 딱 들어맞아야 하는데, 그게 쉽지만은 않다는 걸 그때 알게 됐다.

열람실에는 매일 두 번째로 입실하는 사람이 있었는데, 매번 조간신문을 펼쳐 놓고 읽다 나갔다. 내가 노트북 사용자에게 양보할 생각에 자리를 비워두면, 신기하게도 그는 내가 처음 앉았던 자리로 옮겨 앉았다. 그리고 다시 나머지 신문을 펼쳐 한동안 읽은 뒤 나갔다. 그러면 매번 세 번째 입실하는 노트북 사용자가 기다렸다는 듯 물건들을 정리해 빈자리로 옮기는 일을 반복했다.

자신에게 필요 없는 자리라는 사실을 아는 건 중요해 보인다. 그리고 여러 번 반복되는 모습을 보고 나서야 뒤늦게 그 사실을 알게 됐다. 백오십 개의 좌석 가운데 세 개의 자리가 그렇게 정해지는 걸 다른 이용자들은 알지 못할 것이다. 설령 안다고 하더라도 다른 누군가가 그 사정을 알고 자리를 비워줄 것이라고는 상상하기 어려운 일이다. 그러므로 두 사람을 비롯해 누군가에게 절실할 수 있는 자리를 양보하는 행동은 그야말로 누구도 알지 못한 채 내 생각이 지나가는 모습이다. 그렇다면 우리는 자신만의 인생을 알면서 살아가고 있다고 힘주어 말할 수 있을 것 같다.

그렇지만 매일 똑같은 시간을 반복하는 세 사람의 인생에 대해서 문득 하나의 의문이 들었다. 그리고 그들에게 물어볼 수 없기에 나에게 질문을 던졌다. '왜 나는 며칠 동안 이런 행동을 반복하고 있는가? 그리고 저들은 왜 원하는 자리를 선점하려 들지 않는가!'였다. 그러니까 내 행위로 그 일련의 상황들이 벌어지는 게 아니라, 각자의 생각이 행동에 보이지 않는 원인과 결과를 생산할 뿐이라는 결론이었다. 그리고 거기에는 내가 아니라 다음 존재에 의해 완료된다는 점도 알게 됐다.

이제 아침이면 아무렇지 않게 그 자리가 나와 함께 비어 있다. 그걸 이해하고 난 뒤 이전처럼 계속할 수는 나는 오히려 신문을 읽고 자리를 비우는 사람에게서 배려를 읽는다. 이제 그의 행동 역시 내 생각과 다르지 않다는 것을 이해하기 때문이다. 내가 비어 있는 다른 자리에 앉는 일이 그처럼 비워둔 마음에 들어서는 일이고, 그런 행위는 누구에게나 가능하며 수시로 벌어지고 있다는 믿음도 갖게 해준다.

여름 어느 날 아침, 독서실의 비어 있는 자리에 놀랍지 않은 생각들이 아무렇지 않게 채워지고 비워지는 걸 경험하던 그때, 하얀 새털구름의 끝자락이 독서실 창가를 조용히 벗어나는 모습이 보였다. 그래서였을까, 그즈음 내게 보이지 않게 일어났던 이 무용담(無用談)이라는 게, 나로서는 참 귀중한 시간으로 남게 될 것이라는 걸 나는 믿는다.

# 두 노인

한 노인을 통해 '타인의 궤적을 온전하게 따라갈 수는 없다'라는 것을 알게 됐다. 그 일을 하자면 시간이 기하급수적으로 늘어나 온전하게 따라가지 못하고 끝나게 된다. 그건 그 사람만의 분명하지 않은 표류, 눈에 띄지 않는 쉼표를 이해할 수 없기 때문이다. 어느 날, 한동안 한 노인을 바라보면서 내가 내린 생각이다.

날씨가 화창한 주말 오후에 가까운 서점을 찾았다. 할 일을 마치고 집으로 가는 버스를 기다리는데, 고층 빌딩 출입구 한쪽에 펼쳐 놓은 책들이 눈에 들어왔다. 변변한 가판대도 없이 수십 권의 책을 바닥에 펼쳐 놓고 가운데에 노인도 앉아 있었다. 손님을 위한 원형 플라스틱 의자 하나만 덩그러니 있어

저래도 되나 싶었다.

책은 사주와 관련된 책들이었는데 대부분 오래돼 보였고, 직접 필사를 한 듯한 책도 여러 권 눈에 띄었다. 한 마디로 정교한 일을 하고 있다고 말하기에는 너무나 허술하게 보였다. 손님들이 그런 곳에 찾아와 과연 자신의 미래를 구하려 할까, 싶을 만큼 허술해 보였다. 건물주나 경비원이 달려 나와 쫓아내지 않는 게 오히려 신기할 정도였지만, 한편으로는 다행이다 싶었다. 노인을 바라보다가 문득, 종일 따라다녀 보면 어떨까 싶은 생각이 스쳤다. 하지만 하루 종일 햇볕에 그을리고 있는 노인을 지켜보자니 그런 일은 해서 안 되는 일이겠다는 마음이 들어 집으로 발길을 돌렸다.

그날 노인의 모습을 지켜보다 집으로 돌아간 이유는 내게 그럴 자격도 의무도 권리도 없다는 것을 분명하게 알았기 때문이다. 심각한 인권침해에 해당할 뿐만 아니라, 아무리 관찰이더라도 정당화될 수 없는, 사회에 반하는 행동이기에 더 그랬다. 하지만 그보다 직접적인 문제는 노인의 궤적을 놓치지 않고 따라갈 방법이 내게는 없다는 점이었다. 거기엔 별도의 시간이 기하급수적으로 늘어나 온전히 따라갈 수 없는 한계가 있음을 알아서다. 나로서는 노인의 분명하지 않고 눈에 띄지 않는, 그리고 고유한 정지시간을 인내하며 알아낼 수 있는 능력이 없는 것이다.

그날 이후 까마득히 잊고 지내던 어느 날, 저녁에 아내와 동네 재래시장에서 만날 일이 생겼다. 먼저 도착한 나는 시장 초입 건널목에서 아내를 기다렸다. 해는 저물었고 어스름 어둠이 건물들의 일 층에 내려앉고 있었다. 뒤를 돌아보니 손수레에 실려 있던 폐박스가 쏟아져 주섬주섬 다시 쌓고 있는 노인이 눈에 들어왔다. 불과 4, 5미터 뒤에 있었는데 전혀 알아보지 못했다. 노인은 바닥에 펼쳐진 폐지를 천천히 주워 다시 쌓은 뒤 손잡이를 허리춤까지 내리려 했다. 그러나 힘이 부족했는지, 허리까지 내리지 못했다. 몸도 제대로 가누지 못하는 데다 생기 없는 모습이 역력했다.

약수 한 통 겨우 싣고 다닐 만큼 작은 수레였는데, 폐박스가 많지 않은 게 그나마 다행이었다. '이런 일은 힘이 좋은 사람들이 하는 게 맞는 거 아닌가!'라고 생각하면서 노인에게 다가갔다. 무거워진 뒤쪽 아래를 들어 올리자 손쉽게 손잡이가 허리춤으로 내려왔다. 거리에는 어둠이 내려앉았고 상점의 네온 불빛들은 더 환하게 밝아졌다. 노인이 겸연쩍은 미소에 혼잣말처럼 "고마워요"라고 힘없이 말했다. 그리고 수레를 뒤로 한 채 인도를 따라 어딘가로 정처 없이 흘러가는 뒷모습을 남겼다.

어느덧 어둠은 도로까지 내려앉았고 네온 불빛만 더 선명해져 있었다. 아내가 도착할 시간을 한참 넘기자, 약속 장소가 지금 여기가 아니었나 하는 의심이 들기 시작했다. 무심코 주변을 다시 둘러보는데 아내가 아니라 노인의 모습이 다시 눈에 들어왔다. 대략 20여 미터쯤 떨어진 곳에서 허물어진 폐박스를 줍느라 허리를 굽히고 있었다. 노인은 끌고 갈 기력도 없이 애꿎은 폐지만 만지작거리고 있었으나, 누구 한 사람 도와주지 않았다. 모두 제 갈 길이 바빠 보였다.

나는 다가가 폐지를 다시 고쳐 얹어주며 "조심히 들어가세요."라고 노인에게 부탁을 드렸다. 환한 상점의 간판과 실내 불빛들은 보도블록을 비추고, 노인은 나를 알아보는 것 같지 않았다. 할아버지는 말없이 고개만 끄덕였고 불빛이 닿지 않는 어두운 길 쪽으로 수레와 함께 천천히 멀어져 갔다. 건널목이 있는 자리로 돌아오고 얼마 뒤 아내로부터 전화가 왔다. 갑자기 일이 생겼고 연락하기도 어려워 시간이 한참 지나게 됐다며, 많이 기다렸냐는 걱정의 목소리였다. 나는 괜찮았고, 기다린 것도 아니었으며, 당신에게 일이 생겨 그럴 수밖에 없었던 사실이 다행이라는 말을 전했다.

그즈음 물리학에 관한 책들을 읽고 있었는데, 과학자들의 주장으로는 운동하고 있는 입자들은 각자 서로의 위치를 정확하게 알 수 없다고 했다. 그리고 그건 보이지 않는 아주 작은 물질에만 해당하는 법칙이라고 생각하지 않는다. 왜냐하면 우리가 지금 그런 세상에 살고 있지 않다고 말할 수 없기 때문이다. 한 가지 다른 점은 우리가 어디에 있건, 어떻게 만나든 무엇인가를 해주거나 걱정을 줄여 줄 사이가 될 수 있다는 점일 것이다.

언제나 서로의 위치를 제대로 알 수 없으면 어떤가! 무엇이 됐든 상대방의 자유를 위해 도움을 주는 사이가 될 수 있다면, 그동안 우리는 충분히 서로가 외롭지 않으면서 자신만의 쉼표를 드러내는 존재로 있었다고 말할 수 있을 것 같다.

# 준다는 건 빼기가 아니라

이제까지 남들에게 털어놓지 않았던 수만 가지 가운데 하나를 밝혀야겠다. 나는 초등학생 때부터 산수 과목을 잘하지 못했다. 이후 중학교에 진학해서도 역시나 수학에는 자신감도 시험점수도 좋지 않았다. 아련하게 그 시절을 추억하는 일은 좋으나, 산수를 잘한 좋은 기억은 하나도 없다. 기억한다는 것은 뻥 뚫린 가운데를 찾는 것과 같은 느낌이다. 숫자와 관련해서는 정규 수업을 받았나 싶을 만큼 산수나 수학과 관련한 기억이 거의 남아 있지 않다.

전혀, 가 아니고 거의, 라고 한 이유는 초등학교 2학년 때 단 하나의 기억 때문이다. 그 나이에 뭔들 알았겠나 싶긴 한데, 구구단을 제대로 외우지 못했나 보다. 천사 같은 여선생님에게 꾸지람을 듣고, 막대 회초리로 손바닥을 맞은 기분이 든다. 그것도 나 혼자라면 '정말 그랬었나?' 싶을 텐데, 내 기억으로는 한 아이가, 분명 내 옆에 한 아이가 나란히 서 있던 기억이 있었으니.

알면 뭘 얼마나 알았겠는가 싶은 초등학교 2학년인 나는 숙제로 내준 구구단의 2단을 끝내 외우지 못했던 모양이었다. 전후 기억은 없으나, 교탁 옆에 한 아이와 둘이 나란히 서 있었다는 것과 회초리는 드럼을 치는 스틱처럼 끝이 둥글고 가늘게 생긴 막대였던 것으로 기억한다. 맞았던 기억을 떠올리자는 것은 아니지만 분명 부드러운 꾸중을 들었으리라.

물론 함께 나란히 있던 아이도 같은 이유로 서 있었겠으나 얼굴은 기억에 없다. 너무 오래전 일이고 또 단편적인 조각 기억이기도 해서. 가끔은 어쩌면 내 그림자였나 싶을 만큼 신뢰할 만한 기억은 못 되지만, 역시 뻥 뚫린 기억의 가운데를 바라보는 일은 물기의 잔영이 있어 보인다.

이후 학년이 높아져 갔지만 산수나 고등수학의 능력은 좀체 나아지지 않았다. 어째 말도 안 되는 얘기로 들리겠지만, 그래서였는지 나는 남을 좋은 쪽으로 바라보려고 애썼다. 이른바 상대방을 좋은 쪽으로, 무조건 긍정적으로 여겨서 어떤 평가도 하지 않고, 비교의 가늠자를 긋지 않는 사람이 되어갔다.

보이는 그대로 바라보는 게 타인을 대하는 관점이자 전부라 믿었다.

고등학생 때부터 호불호의 이유를 전혀 개입하지 않고 사람을 대하는 것이야말로 상대를 존중하는 일이라 생각했다. 당연히 옳은 관계를 하는 것이라 나는 믿었다. 하지만 나의 믿음이 성인으로 사는 동안 현실에서는 긴밀한 인간관계로 발전하지 못했다. 왜 그랬을까? 이유를 알지 못한 채 시간이 흐를수록 의문은 깊어만 갔다.

왜 그런지를 알지 못한 채 세월은 흘러갔다. 그리고 2018년 2월 어느 날, 독서실에 앉아서 나는 뭔가를 긁적이고 있었다.

'2 - 1 = ?'

물론 정답은 1이다. 내가 아무리 산수를 잘 못했다고는 하지만 이건 알고 있다. 그러니까 나는 너무도 쉬운 산수를 하는 셈이다. '2 빼기 1은 1' 이것은 누구나 아는 사실이지만, 이날의 수식은 새롭고 각별한 느낌으로 다가왔다.

'빼려는 1은 어디에서 온 것일까?'라는 엉뚱한 생각이 실마리가 됐다. 이 질문은 상상의 문제였으며 의문은 계속해서 이어졌다. 1이라는 숫자가 '나'라고 가정했을 때, 말하자면 내가 소유하고 있는 어떤 것이라 말할 수 있다면, 1은 어디서 온 것이란 말인가. 더군다나 빼고 난 나머지가 1이 되는 너무나도 당연한 이 수식은 새로운 의구심으로 점점 번져 갔다. 산수조차 이럴진대 고등 수학식이라니, 가 불현듯 떠오르니 숨이 턱 막히고 답답해졌다. 어쨌든 1을 빼려는 주체가 2라는 사실은 인정하기로 했다. 그렇다면 오롯이 1이란 존재는 어디서 생겼고, 왜 내게서 빠져나가야 하는 것인지, 오전 내내 생각을 해봐도 도무지 이해할 수 없었다.

점심을 먹고 앉아서도 공상은 이어졌다. "도대체 1은 어디서 왔을까?" 한참을 생각하고 있자니, 이게 무엇 하는 짓인가 싶은 생각마저 들었다. 그러다 돌연 숫자 1 자체에서 생겨났다는 걸 발견했다. 달리 말하자면 '뺀다'라고 말하기보다는 '준다'라는 의미로 바꿀 수 있고, 그렇다면 '더하도록 만든다'라는 뜻으로도 이해할 수 있겠다 싶은 것이다. 그렇다면 그건 무엇을 쌓는 것이고, 점차 보탬이 되도록 작용한다는 의미로 이해했다. 그럼 어떠한 새로운 결과도 만드는 것이니까, 더하기에 가깝다고 해야 하는 게 아닌가, 그런 생각으로 내달았다. 급기야 결과가 1이 됐든 0이 됐든, 그것이 변화임을 받아들인다면 이제 수식에서 1이 내 것이 아니라 0이었음을 믿는 일은 중요해진다. 그러므로 준다는 건 나에게서 빠져나간다는 빼기의 논리가 될 수 없다는 생각으로 결론이 나고 있었다.

우리는 도전하는 과정에서 한계라는 상황에 맞닥뜨리곤 한다. 젊은 날에는 그것이 자신을 가로막는 한계 상황이라고 생각할 수 있다. 우리가 아는 지금이라는 시간은 늘 한계, 곧 정지 상태라 말해도 무방하다는 얘기다. 변화와 결과를 온전히 인정하지 못하는 한, 그것은 빼기와 더하기의 문제만으로 이해되지 않을 것이다. 1은 어디에서 온 것이 아니라 매일 내부의 변화 자체를 의미한다고도 말할 수 있지 않을까. 따라서 내가 1이 될 수 있다는 이치로 이해할 수 있을 것 같았다.

살아가는 동안 필연적인 변화가 있다는 것에 동의하는가? 그렇다면 준다는 건 빼기의 문제가 아니라 더함의 인식에서 만들어진다는 것과, 더해지고 주어진 모습이 언제나 현재의 자신임을 깨닫고 받아들이는 일은 그래서 중요해 보인다.

# 하면 된다, 에 대한 다른 생각

뭐가 됐든 안 할 수 있는 일이란 게 있을까? 이 얘기는 우리가 의식을 하든 안 하든, 무엇이 되려는 당사자라면 명확한 답을 고민해야 할 질문으로 읽힌다. 왜냐하면 우리가 원하는 그 무엇인가를 떠올리는 일이, 무엇이든 할 수 있다는 의미로 당연시돼 왔기 때문이다. 그런 면에서 나 역시도 그동안 무엇이 되길 갈망하며 살아왔고, 지금도 이런저런 목적을 위한 시도를 하면서 살고 있다고 말할 수 있을 것 같다.

불과 얼마 전까지만 해도 나 또한 '하면 된다'라는 의미에 대해 충분히 이해한다고 여겼다. 무엇이 되려면 실제 행위가 있어야 한다는 건 당연하게 생각하고 있었기 때문이다. 하지만 어느 날, 이런 의지와 관련해서 나는 전혀 다른 측면의 문제로 받아들이게 됐다. 왜냐하면 그동안 내가 움켜쥐려 했던 생각 자체가 결국, 의도에 숨겨진 한계라는 사실을 깨달아야만 빠져나올 수 있는 그런 문제라는 걸 알았기 때문이다.

이전에는 무엇을 하게 만드는 핵심이 의지라는 생각이었지만 지금은 그렇지 않다. 이제 '하면 된다'가 서로 도움을 주는 자연스러운 등치 관계가 아니라는 말로 이해하고 있어서다. 그러므로 '하는 상태'와 '된 상태'의 관계는 논리적이거나 호의적이지 않다는 걸 알고 있다. 그건 오히려 상대를 배제해야 하는 사이에 더 가깝다. 우리에게 '되는 것' 그 자체는 백 퍼센트의 순수한 힘에서 움직이며 '하는 것' 역시 그 에너지일 때 유지할 수 있다.

마치 제로섬 게임의 등식과 유사하다. 그리고 이건 둘이 아니라 혼자서 하는 게임이어서 손쉬운 면이 있어 보인다. 할 수 있는 문제와 되는 문제 사이에는 어느 쪽이 됐든, 상대를 100%가 되도록 일임해 주어야 현실에서 가능해지는 비결이 숨겨져 있다. 자신을 내세우지 않는다면 한쪽이 드러나도록 만드는 원리라 보면 될 것이다. 물론 사라진다는 의미는 '완전한 주체가 될 수 있도록 소멸한다.'라는 의미로 받아들여야 한다.

'하면 된다'의 정신이란, 말하자면 목적을 갖는 삶이기에, '된다'가 되려면 '하면'의 입장에서 자신의 역할 에너지를 모두 주면 가능해진다. 제로섬 게임이라고 말한 이유도 백 퍼센트가 되는 방식을 취할 때 '하면', '된다'도 같은 원리를 따른다고 말한 것이다. 반대도 마찬가지다. '되는 것'을 고집하지 않고 '하면'의 입장에 에너지를 전부 주는 걸 말한다. 상대에게 백 퍼센트가 되도록 해줄 때 절대적 존재로 서는 이치다.

여기에는 삶의 비밀이 담겨 있는 듯하다. 의식이 행동으로 전환되는 어떠한 기원! 말하자면 이 게임은 원인과 결과의 순서를 불문하고 자신을 비울 때, 그때 비로소 무엇이 될 수 있는 법칙이 숨겨져 있다고 말할 수 있을 것 같다.

나 역시 지금까지 무엇인가를 지향해 왔었다고 할 수 있겠지만, 되돌아보면 실제 성취와 관련해서 목적이 의미로 남겨지지 못한 일이 많았다. 그럴 때면 심한 상실감에 휩싸여 힘들게 보내는 나날로 이어졌다. 의지하던 일이 즐겁지 않고 정체될 때면 훌쩍 떠나길 원했다. 낙산사. 천년 고찰로 차를 몰았고 바다를 바라봤다. 사람들은 바다를 바라보고 어린아이들은 파도를 쫓으며 기뻐했다. 모래 위에서 그 모습을 보니 아이들이 파도와 같아 보였다.

아내와 나는 그늘막 텐트에 누워 밀려오는 6월의 바다를 바라봤다. 세로의 파도가 모래톱 위로 올라왔다 사라지는 모습이 마치, 그네를 타고 있는 듯 느껴졌다. 턱을 들어 머리 뒤로 지금의 해변과 이어진 끝 쪽을 바라보았다. 보면 볼수록 더 멀게 펼쳐져 보였다. 그곳은 지금껏 한 번도 가 본 적이 없는 해수욕장의 외곽 지대였다. 어쩌면 어민의 공동생활 구역인지도 모른다는 생각이 스쳤다. 그들의 삶도 나의 유람만큼이나 멀게 보이고 또 달라 보였다. 해수욕장이라 말하기 어려운 해변, 그곳은 누구의 것도 아닌, 바다의 몫이었다.

잠깐 눈을 깜빡거리는 사이 불현듯 밝은 시야가 찾아왔다. 누워서 바라보던 수평선과 지평선은 상하를 지우고 좌우로 길게 나뉜 모습이 새로 눈에 들어왔다. 몸을 일으켜 세운 뒤 아무도 가지 않은 해변의 끝으로 가야겠다는 생각에 일어나 걷기 시작했다. 해변을 찾은 모든 사람을 뒤로하고 누워서 바라본 해변 끝 모래밭에 섰을 때, 나는 미지의 세계에 발을 들여놓은 것만 같다는 느낌에 사로잡혔다. 사람들에게 외면당하던 전인미답의 공간에 오직 나 혼자 존재하는 것처럼.

그늘막이 있는 곳으로 되돌아가고 있었는데, 혼자 그네를 타고 있는 여자아이가 눈에 들어왔다. 해변엔 바다를 향해 그네가 여러 군데 설치돼 있었다. 소녀는 발판에 발을 올려 선 채로 힘껏 구르며 공중으로 부양하기 시작했다. 나는 옆 그네에 걸터앉아 있다가 아이를 쳐다보았다.

"우리 누가 더 높이 올라가는지 시합할까?"

그러나 이 말은 내가 아이에게 실제 건넨 말은 아니다. 혼잣말로 해본 생각이었다. 그런데 신기한 일은 다음에 일어났다. 생각이 끝남과 동시에 나는 발 구르기를 시작하고 있었다. 모래톱에 두 발을 몇 번 띄웠더니 그네는 아이의 키 높이까지 떠올랐다. 아이도 이미 내 생각을 알았다는 듯, 두 발을 힘차게 구르며 수평선 위 푸른 하늘까지 몸을 올리고 있었다. 마치 이미 알고 있었다는 듯이.

아이가 발을 구르는 기세는 더욱 강해졌고, 공중에서 위태로운 시간은 더 많아졌다. 나는 '이러다 아이가 추락이라도 하면 위험해질 수도 있겠구나.'라는 생각이 들자, 그네의 속도를 줄인 뒤 정지시켰다. 하지만 아이는 그네 위에서 기분 좋은 웃음을 날리며 거침없이 자기의 몸을 더 높이 띄웠다.

"수평선, 수평선 높이보다 더 올라가는 건 위험해!"

다음 날 집으로 돌아온 이후로 한동안 해변의 일은 까마득히 잊고 지냈다. 그러다 어느 날 우연히 놀이터에서 아이들과 놀아주고 있는 노인을 보게 됐는데 문득, 어린 시절 아버지와 놀이터에서 시소를 탔던 짧은 기억이 떠올랐다. 즐거웠던 기억으로 남아 있었던 건, 무엇보다 땅바닥에 발을 딛는 것보다 공중에서 느끼는 기쁨 때문에 더 그랬던 것 같았다. 맞은편 시소에 앉은 아버지는 몸을 일으켜 살짝 발을 떼 내 몸이 공중에 올라가도록 만들어 주시곤 했다.

그때는 전혀 알지 못했다. 아버지의 키보다 훨씬 높은 곳까지 올라 세상을 보던 즐거움도 지금 생각해 보면 아버지가 바닥에서 멈추는 배려가 아니었다면, 시소 끝 가장 높은 곳에서 느낀 기쁨을 알지 못했을 것이다. 시소가 평형을 이루는 50 대 50의 절반이 아니라, 한쪽을 낮추거나 높여줄 때 아들이 즐거워한다는 걸. 뒤늦게나마 젊은 날 아버지의 마음을 조금 이해할 수 있을 것 같다.

부부 사이에도 보이지는 않지만, 이런 역할은 저울처럼 가로 놓여있다. 아내가 매일 새로운 사람임을 항상 받아들이고 최대로 이해하면, 내가 무엇인가를 해주어야 하는 쪽으로 삶의 영역은 넓어지게 될 것이다. 자신의 역할을 키울수록 상대는 무엇으로부터 수월한 위치에 놓일 수 있다. 힘이 덜 든다는 의미는 무엇을 이루려는 것에 내면의 힘을 실어주는 행위와 작용이며, 또 저항이 되는 장애를 줄이는 일이다.

인생을 살면서 우리 각자는 무엇인가를 끊임없이 해야 하는 존재이다. 그렇더라도 '되는 것'과 '안 되는 것'의 문제가 전부일 수는 없다. 왜냐하면 해야 함을 다할 때 '된' 것이고, 되려는 일을 다 할 때 '하는' 세계에 머무를 수 있다는 걸 알았기 때문이다. 이것이 최근에 내가 깨달은 삶에 숨겨져 있는 진실이라 말해 줄 수 있을 것 같다. 하지만 우리는 어떠한가? 아직도 시간의 대부분을 하는 데 사용하고 있으면서도, 된 상태의 전부 또한 원하기에 성공하기가 어려웠었던 건 아니었을까?

어떻게 하느냐의 문제는 남아 있지만, 이제 우리는 '하면'을 멈출 때 '이루다'의 원리를 작동시킬 수 있어 보인다. 두 가지 중 어느 하나를 내려놓는 그때, 그 세계에서 하고 있거나 되려는 그것과 다를 바가 없는 삶을 누리고 있는 자신을 발견할 수 있을 것이다. 물론 상대의 짐을 온전히 짊어지거나 자신을 내려놓았을 때, 무엇이든 할 수 있는 존재로서 그렇다는 것이다. 그러니 이제부터라도 이 관계를 아무 의심 없이 받아들이고 실행한다면, 누구든 언제나 원하는 목적 안에 있음을 발견할 것이다.

# 머무름이 없는 아이

"제일 멀리 달려간 어른이 아기를 반긴다.
아이는 어른이 될 때까지 쉼 없이 달린다.
하지만 아직은 뒤뚱뒤뚱 아슬아슬하게 걷는다.
등 뒤에서 따라오는 그 누구도
없다. 아이는 자신만을 믿고 앞으로 나아간다."

# 누구세요?

　무슨 일을 하고 있든, 지금 하는 일이 손에 잡히지 않는다면 우선은 쉬고 볼 일이다. 이제껏 억지스러움에 이끌려온 것일 수도 있기 때문이다. 뭔가 하려는 마음을 내려놓고 실컷 잠을 자도 좋다. 휴식은 지금을 변화시키며 정비마저 된다는 의미로 받아들일 수 있기 때문이다. 엉킨 실타래의 한쪽 끝이 보일 때까지 쉬기를 권한다. 조급해서는 안 된다고, 천천히 가야 하는 길이라고, 오래 해야 하는 일이라고 스스로 인정을 구하지 못하면 혼란은 반복되기 십상이다. 어떤 일이든 조급해서는 멀리 나아가지 못한다.

　등산을 하는 일 역시 천천히 해야 하는 일과 그 맥락이 닿아 있다. 온전히 하루를 산에 다 쓸 수 있을 때, 그날은 산으로 기억될 수 있을 테니까. 등산 장비를 하나하나 꼼꼼하게 챙긴다거나, 등산의 코스를 확인하고 입산과 하산의 동선을 점검한다. 그리고 다른 곳에 신경 쓸 여력 없이 차분하게 등산을 완주하면 그날은 그대로 산과 하나가 될 수 있는 이치와 같다. 그래서 되도록 하루에 하나의 목표가 제일 능률적이다. 그럴 때 내 안의 어떤 것과 하루를 맞춰볼 수 있는 여력이 생긴다.

자기가 생각하기에도 지금 쉬는 중이라면 종전까지 무엇을 하고 있었다는 얘기가 될 것이다. 몇 해 전, 한동안 일상에서 신선함을 발견하지 못하고 지내던 때였다. 중년의 인생에 뭔가 새로움을 원하면서 다른 삶을 고심하던 시기였다. 주말 오후, 등산을 마치고 돌아와 건물 계단을 오르는데, 아래층에 살고 있는 아이가 나를 보고는 궁금했는지 대뜸 물었다.

"누구세요?"

대략 6, 7세 정도로 보이는 여자아이였다. 처음 본 나는 반갑게 인사를 받았다.

"어, 안녕. 반가워!"

생각을 떠올려 보니 지금 집으로 이사를 왔던 첫해에는 계단을 오르는 내 발소리를 듣고 집 안에서 아이가 '안녕하세요!'라고 인사한 때도 있었다. 처음에는 무슨 말인지 들리지 않을 만큼 작은 목소리였지만, 그 후 내게 건네는 인사라는 걸 알아들을 수 있었다. 그러다 어느 날, 아래층에서 아이의 울음소리가 오래도록 구슬프게 들려왔다. 나중에 알아보니 나더러 누구냐고 묻던 그 여자아이였다. 아이와 첫인사를 나누고 몇 개월 후, 아래층에 살았던 아이의 가족은 우리와 가벼운 인사를 나눴고 며칠 후 이사 갔다.

지금도 그때의 아이를 떠올리면 두 가지의 모습이 따라온다. 하나는 나에 대해 궁금했기 때문인지 "누구세요?"라고 묻던 호기심 가득 찬 모습과, 다른 하나는 무슨 사연인지 알 수 없었으나 밤마다 구슬프게 울던 울음이다. 지금도 그 이유를 알 수 없기는 마찬가지다. 그 후로 아이와 다시 만나는 일은 없었지만 '누구세요?'라는 단어를 접할 때면 그 아이가 떠오른다. 그건 마치 "나는 누구인가?" 끊임없이 내게 질문하도록 해주는 아이로 남았기 때문이다. 두 눈을 크게 뜨며 내가 누구인가를 묻던 아이에게 그날, 부끄럽게도 나를 적절히 설명해 주지 못했던 걸 안다. 그때는 지금의 내가 누구인가 되묻기보다, 아이가 성장해 가면서 자신에게 자주 물을 수 있는 질문이 되길 바랐다.

그날 아이로부터 무심결에 받은 질문이 뜻밖에 위안과 성찰의 질문이 돼 주었음을 안다. 오십도 한참 넘기고 점차 굳어져 가고 있는 나의 모습을 물끄러미 바라볼 때면, 호기심 많았을 한 아이가 궁금한 눈빛을 하고 "아저씨, 누구세요?"라고 던진 질문은 그래서 오늘도 특별하다. 많은 시간이 흘렀지만 나 자신에게도 찬찬히 되찾아 주길 바라는 한 아이가 '누구세요?'라고 말하며 울고 있을 한 아이가 문득, 그리워진다.

# 안에서 나오는 두려움

공포영화를 일부러 찾아 관람하는 성향은 아니다. 관심 장르도 여러 분야인 데다, 여기에 다양한 긴장과 공포에 집중해 가며 볼 재간이 내겐 없다. 우선 이야기에 집중하기가 어렵고 어디서든 예기치 않게 긴장을 고조시키는 장면이나 음향을 이용한 공포 몰이가 마음에 들지 않기 때문이다. 무엇보다 지금 공포를 체험해야 하는 분위기 전환이 마음에 들지 않아 더 그렇다. 그런데 이렇게 생각하도록 만든 결정적인 계기가 따로 있었다. 신혼 초, 비디오를 대여해 혼자 영화를 시청한 일이 있었는데 '링(ring)'이라는 일본 공포영화 때문이었다.

영화는 귀신이라는 존재의 유무를 떠나 우선 기괴한 모습에서부터 몸서리를 치게 만든다. 영화가 소름이 돋을 만큼 충격적인 공포를 주었던 부분은 내용 때문이 아니었다. 영화를 보면 알 수 있겠지만 긴 머리칼에 얼굴이 가려진 채 소복을 입은 여인이 우물 안에서 나온다. 여기까지는 아무 문제가 없었다. 하지만 그다음이 문제였다. 서서히 다가오더니 급기야 TV 모니터 화면을 뚫고 내가 있는 방 안으로 기어 나오는, 혼연일체의 현실성에 공포와 전율을 체험해야 했다. 지금도 그때 기억을 떠올리면 온몸에 소름이 돋는다.

영화는 '아사가와 레이코', '다카야마 류지' 그리고 감독이자 관찰자인 나조차 같은 구도 속에 넣는다. TV 모니터를 통과해서 내 방 안으로 들어오게 만든 절묘한 연출의 현실감 때문에 나는 그만 비명을 질렀다.

"아악~!"

웃을 일이 아니다. 혼자 영화를 보고 있는 현실 세계로 그녀가 들어온 것이다. TV 화면으로 점차 다가오더니 화면 밖으로 사라지기는커녕, 오히려 내가 있는 방 안으로 들어와 있는 모습은 지금 떠올려도 내겐 최고의 공포가 아닐 수 없다. 어느덧 현실의 방으로 들어와 흰 눈알을 뒤집으며 내 앞에 서 있을 때, 쭈뼛해진 머리칼과 곤두선 모공, 터질 듯한 심장, 전기에 감전된 사람처럼 한동안 움직일 수가 없었다. 소복을 입은 살아있는 시체를 직접 대면한 체험자가 되어, 일순간 공포가 돼

버린 현재에 압도된 거였다.

당시는 결혼해서 가정을 이루기 시작하던 신혼이었다. 바야흐로 사회에 밀착해야만 하는 시기였다. 결혼 전의 인생과는 다르게 사회에 집중하고 가정의 풍요를 꿈꾸던 시기이기도 했다. 하지만 그즈음부터 예상치 못한 커다란 시련이 내 인생에 연이어 휘몰아쳤고, 나는 꼼짝할 수 없는 처지가 됐다. 비명조차 지를 수 없는 사람으로 변해갔다. 서른에서 마흔에 이르기까지 곁에서 함께 삶을 나누던 사람들이 한 분씩 세상을 떠났다. 젊은 사람에게 연이은 가족과의 이별은 공포와 고통 그 자체였고, 암담한 기운은 오랫동안 내 삶을 뒤덮었다. 거기서 빠져나가는 일이란 쉽지 않았다.

암울한 시간도 많이 흘러간 2018년 4월, 흐드러지게 핀 벚꽃잎이 떨어지기 시작하던 날, 복개천의 교각 아래 노인들이 모여 있었다. 한쪽에서는 시국에 대한 정치 현안을 좌담하는 말들로 꽃 피웠고, 다른 한쪽에서는 묵묵히 장기를 두는 사람, 그리고 구경을 하는 사람들이 있었다. 장기 대국을 구경해 보면 알겠지만, 객관의 눈으로 지켜보는 사람은 두 길을 보기에 평화로운 법이다. 하지만 직접 장기를 두는 사람은 한쪽 눈을 감고 현실의 전쟁터를 누비는 당사자가 된다. 우리는 직간접적인 참여와 수용하는 태도와 대응하는 방식으로 인생을 살아간다. 장기판이 주관과 객관의 사이에서 벌어지는 일이듯, 객관적이던 현실이 공포로 변해 얼어붙게 만든 일도, 알고 보면 나와 다른 세계에서 벌어지는 일이 아니다.

세상은 액자 속의 액자, 또 그 속의 액자들로 이루어진 듯하다. 그래서 하나의 경계를 넘어갈 때마다 상상조차 할 수 없는 두려움과 고통이 존재한다. 그리고 나를 공포와 전율에 빠뜨리고 '사다코 준'이 TV 화면을 뚫고 나왔을 때, 나로서는 하나의 세계를 발견하는 충격으로 다가왔다. 그건 지금에 내재하고 있는 본질이 공포임을 체험케 해준 우연한 사건이었기도 했다. 그리고 나는 지금이라는 현실엔 공포와 한계가 내재화돼 있다고 믿는 사람으로 바뀌어 갔다.

염사(念寫)를 통해 우물에서 나와 살아 움직이는 '사다코'가 그렇고, VCR을 보면 죽는다는 걸 알면서도 비밀을 풀고자 했던 '레이코', 그리고 감독 '나카타 히데오'는 모두 한통속과 다름없어 보였다. 그때 작은 방에서 영화를 보는 나도 계속 어떤 틀을 벗어나고자 하는 존재였다고 생각한다. 현실을 뒤덮고 있는 두꺼운 장막을 거둬내고 자신을 확인해야 하는 장본인. TV 모니터를 통과해 소름 돋는 공포와 두려움이 지금의 실체임을 알았기에, 그 액자의 파괴야말로 현실의 경계를 벗어나는 일이라 확신했다.

몇 년 전, 인터넷 다큐멘터리 영상을 통해 굵은줄나비 애벌레가 번데기를 거쳐 나비가 되는 과정을 시청한 적이 있었다. 애벌레가 허물을 벗고 일정한 시간을 견사 속 번데기 상태로 있게 되는 데, 이를 '전용 단계'라고 부른다. 영상은 번데기가 이런 상태를 며칠 견디면서 '용화'라는 변화의 단계를 거쳐 나비가 되는 모습을 보여줬다. 한 마리의 나비가 고치에서 빠져나와 날아오르는 모습이란, 인간으로 말하자면 '우화등선(羽化登仙)'이라는 비유와 유사하다. 그리고 젊은 시절의 나 역시 특별한 공포를 체험하기 전까지는 그런 상태를 꿈꿨으리라.

나비가 됐든 젊은 시절의 내가 됐든, 자기 경험의 유무와 상관없이 현재를 오직 두려움과 공포로만 느끼는 사람은 없다. 그렇지만 내가 계속 혼자만의 생각에 머문다면, 새로운 세계를 발견하지 못한 채 공포와 두려움에서 벗어나지 못할 것이다. 평온하기만 했던 그날, 화면을 통과한 '사다코'와 내가 빈방에서 만났을 때, 나를 현실의 세계로 나오도록 해주었다는 걸 잊지 않는 게 중요하다. 그리고 그 같은 사실을 알게 된다면, 우리는 그 순간 어떤 세계로 나갔다고 말해도 좋을 것 같다.

# 언니들의 나이테

늦여름 주말 오후, 수도권에 많은 비가 내린 뒤라 하늘은 맑고 청명했다. 버스 유리창마다 부챗살 같은 햇살이 안으로 쏟아져 들어왔다. 마을버스가 성당 앞에 멈춰 서자 예닐곱 명의 할머니들이 버스에 올라탔다. 대부분 백발이었다. 한 분만 검은 머리칼이 대부분이었는데 흰머리가 새로 자라나고 있었다. 누가 더 나이가 많고 적은지 겉으로 봐서는 짐작하기가 어려웠다. 빈 좌석이 많았으므로 여기저기 떨어져 앉으며 서로를 불러댔다. 졸음 상태에 있던 차 안은 이내 부산스러운 햇살로 어지러워졌다.

"언니, 언니, 이리 와. 이리 와 여기 앉아요. 아이 이리 와요~"

모두가 백발인 탓에 잠깐 할머니들의 나이 서열이 어떻게 될지 궁금해졌다. 겉으로 드러난 모습만으로는 짐작할 수 없을 만큼 모두 곱게 보였기 때문이다. 서로 나이를 묻고 주고받는 대화는 없었지만, 오고 가는 얘기를 들어 보면 혹시 알 수 있지 않을까 싶어 귀를 기울였다. 몇몇 할머니들은 그때까지도 자리를 잡지 못하고 있었다.

"명자 언니, 여기도 자리가 있네."

"아니, 너 앉아"

"아니 아니요. 아이 일루와요. 여기, 여기 앉아요." 서로가 자기 옆자리거나 가까워 편해 보이는 자리에 앉기를 권하고 있었다. 빈자리는 많았지만 결국 두 명씩 자리에 앉았다. 같은 좌석에 앉은 사람끼리 작은 목소리로 얘기를 나누기 시작했다. 버스 안 부산스러움은 이내 잦아들었다. 세심한 주의를 기울여도 들리지 않을 만큼 작은 소리가 있을 뿐. 더 이상 할머니들의 목소리는 버스 안에 떠돌아다니지 않았다.

그토록 짧은 순간 자리에 앉으면서 무엇이, 어떻게 앉도록 결정했는지 나로서는 알기 어려웠다. 다만 차 안으로 들어오는 햇살이 속삭이는 흰머리를 더욱 눈부시게 어루만지고 있는 듯 느껴졌다. 버스는 저마다의 목적지로 달려가고 검은색에서 흰 머릿결로, 그러다 어느 순간 익어가고 있었다. 검게 탈색한 할머니의 머리칼마저 햇살에 하얗게 물들어 보였다.

　누구에게나 세월은 흐르고 검은 머리칼도 하얗게 변하기 마련이다. 하얀 머리칼보다 더 오래된 빛을 앞으로 들여다볼 수는 없겠으나, 어여쁜 말은 즉시 그것을 바꾸어 놓을 것이다. 한 살이라도 더 먹은 사람이 이기적이란 생각이 들었는데, 누구든 타인을 먼저 위하고 부르는 마음이라면, 한 해 더 넓은 마음일 것이다.

　몸에 든 세월을 젊게 만드는 일은 역시 자신이 먼저 자리를 권하는 동시에 내주는 마음에 있는 게 아닐지 싶다. 그리고 자신이 있는 자리가 좋아지기를 바라는 마음은 나이를 셈할 필요도 없게 만든다. 우리는 언제나 젊음을 그리워한다. 그리고 언제나 어른이다. 비록 백발이 성성하긴 해도 한때 풋풋한 문학소녀였을 마음이 버스 안 가득한 햇살과 함께 도란거리며 빛나던 날이었다.

# 산에서 배우는 것

2019년 겨울에 산을 다니면서 떠올랐던 생각들을 메모해 둔 적이 있었다.

1. 산에서까지 생각이란 것을 하려 덤벼들지 말 것.
2. 작은 등산 시간은 1시간 반을 넘기지 않을 것.
3. 3일 전의 컨디션으로 돌아가지 말 것.
4. 산을 오를 때는 다음 디딜 자리를 봤더라도 항상 낮은 곳을 먼저 밟고 올라설 것.
5. 하산할 때는 다음 디뎌야 할 자리를 봤더라도 더 높은 곳을 밟을 것.

그리고 자연스럽게 그런 행동들이 익숙해지면 등산로 주변도 둘러보면서 올라가야겠다고 생각했다. 시간이 지나 그게 더 능숙해지면 산 정상에 있는 내가 산 아래에서 한 걸음씩 발을 떼는 나를 상상할 수 있는 마음을 얻자고 생각했다. 그게 또 가능해지면 산을 오르는 어느 한 지점을 동시에 내려가는 다른 나를 이해할 수 있기를 바랐다. 산에서 이런 생각들뿐이라니! 그래서였을까, 젊은 사람이 산에서 다짐을 두는 일은 무의미하다는 것을 어느 날, 산행 중 한 노부부를 만나고서야 비로소 알게 됐다.

5월 중순, 나뭇가지에 무성한 신록들이 한들거리고 있는 근처 산으로 갔다. 따뜻함과 시원함이 채 섞이지 않은 바람이 나뭇잎들을 흔들어 댔다. 등산로를 따라 한동안 산을 오르고 있는데 순식간에 먹구름이 드리워지기 시작했다. 산 아래에서 위쪽으로 부는 바람이 나뭇잎들을 흔들어 대자 비 쏟아지는 소리가 났다. 나는 무릎으로 걷듯 꾹꾹 누르며 오르다가 작은 절 옆 등산로를 따라 내려오는 노부부를 만났다. 산에서는 인사성이 밝을수록 기분이 좋아진다는 걸 나는 알고 있었으므로 발걸음을 멈춰 길을 내어주며 인사를 건넸다.

"안녕하세요. 천천히, 조심히 내려가세요." 서로의 손을 꼭 붙잡고 조심스럽게 옆걸음으로 한 발 한 발 딛고 내려오는 두 분의 모습이 참 다정스러워 보였다. 목소리는 작고 여려 결고운 세월을 살아온 듯 내게 화답했다.

"예. 고마워요. 조심해서 다녀와요." 노부부가 함께 말했다. 몇 걸음 올라가다 말고 뒤돌아 내려가는 모습을 살짝 바라보았다. 역시나 두 분이 서로를 의지하며 몸을 반으로 낮춰 조심스럽게 한 발씩 떼며 천천히 내려가고 있었다. 그 모습을 뒤로하고 한참을 위로 올라가다 급히 내려가야 할 일이 생겼다. 잰걸음으로 서둘러 산 아래로 내려가면 얼마 지나지 않아 나의 모습을 노부부가 보게 될 거란 생각이 들었다. 그렇다면 그런 나를 보고 어떤 생각을 떠올릴까? 그런 엉뚱한 생각이 뒤따랐다.

'젊은 사람이라 빠르기도 하네. 벌써 내려가는 모양이구나.' 이런 생각을 하지는 않을 것이다. 아마도 서둘러서 내려가는 내 뒷모습을 보게 된다면, '조심해야지, 저러다 다치지. 넘어지지 않고 무사히 내려가야 할 텐데.' 이런 생각으로 나를 볼 가능성이 커 보였다. 하지만 노부부가 아닌 젊은 사람이라면 어떻게 생각할까? 모르긴 해도 그런 나를 만난다면, '빠르게 내려가네. 저 정도면 정상 완등이지!'라는 생각이 들 것이다. 왜냐하면 우리는 서로에게만 이해가 가능한 시간을 쓰고 있다고 생각할 테니까.

겨울 등산을 하는 동안 이런저런 생각들을 했겠지만 지금 남아 있는 생각은 없다. 다만 한 가지, 그날은 산을 다 내려온 뒤에야 자신만의 보폭과 한계를 지킬 때, 산도 나도 서로 허용한다는 사실은 노부부를 만나고 난 뒤 알게 됐다. 그날 만났던 백발의 노부부야말로 산의 마음이었음을 뒤늦게 깨우친 것이다. 내려가는 마음으로 오르고 오르는 마음으로 내려가는, 이제 걸음마를 떼고 걷는 아이처럼 자신만의 보폭으로 발걸음을 내딛는 마음이 전부임을 안다.

　　이제는 입산할 때마다 겸허해지도록 발걸음을 더 지그시 눌러주는 느낌만으로 오른다. 그리고 더 이상 산에서는 다짐이라는 걸 하지 않아야 함을 실천한다.

# 함께 흔들릴 수 있다면

　　오래전, 사진과 관련된 속설 가운데 이런 이상한 말이 떠돌았던 적이 있었다.

　　"사진에 찍히면 그 순간 영혼이 빠져나간대!"

　　요즘 같은 세상에 그렇게 말하면 정신이 좀 이상한 사람이란 소리를 듣게 될 것이다. 우선 '영혼'의 유무 제기와, 그렇다면 어떤 관점으로 보는가에 따라 주장들이 나뉠 것이다. 심령과 유사하게 취급되는 영혼이 사진에 찍히기라도 한다면, "진짜 그런가 보네!"라고 말해도 그만이다. 하지만 "너 스스로가 영혼이 아니면 무엇이 영혼일 수 있겠는가! 인화되지 않는 존재가 곧 영혼일 수 있다." 억측이 심하긴 하지만 그런 의도까지 숨겨진 것처럼 읽힌다.

"남는 건 사진밖에 없어요. 서 봐요, 자, 치즈~!"

이 말에 숨겨진 의미는 영혼의 유무가 아니라 유물론적 실체의 생성에 있다. 말하자면 화석화된 듯한 얼굴에 넘쳐나던 감정의 한 올까지도 담으려는 시도라 할 수 있다. 자연과 함께할 때 떠돌던 그 행복한 감정이 유령이라면, 사진으로라도 남기려는 영원성의 추구라 말할 수 있을 것도 같다. 울고 있거나 기뻐서 웃고 있어도 움직임이 멈춘 순간에 남아 있을 게 무엇일지 의문이다. 그러나 예상하지 못한 한 가지 발견은 가능하다. 한동안 조용히 사진을 응시해 보라. 믿지 못하겠지만 지금도 살아 움직인다는 사실을 발견할 수 있다. 그렇다면 영혼이 있다고 해야 하나?

이십 대 중반, 지금의 아내와 연애하던 때였다. 종로에 있는 주점을 찾아 들어갔는데, 실내에 설치돼 있는 의자가 독특했다. 두툼한 자연목 테이블이 가운데 놓여 있고 양쪽에는 나무 의자가 그네처럼 매달려 있었다. 우리는 마주 앉아 무엇인가에 대해 얘기를 나눴는데, 동아줄에 매달려 조금씩 움직이는 의자 때문에 나는 대화에 집중하기가 어려웠다. 홀 안은 크게 틀어 놓은 음악과 담배 연기와 손님들의 대화가 뒤섞여 흘러 다니고 있었다. 마주 앉아 있던 그녀가 적응하지 못하고 있는 나를 의식해서인지 말을 건넸다.

"그네를 타듯이 움직여 봐요. 재미있을 거 같은데."

순간 '아, 그런가?' 나는 그녀의 말대로 몸을 좌우로 조금씩 움직이기 시작했다. 이리저리 표류하는 것 같던 몸이 리듬을 타면서 서서히 자연스럽게 느껴졌다. 그러자 곧 둘만의 대화에 빠져들 수 있었다.

그렇기에 흔들린다는 것은 단단하게 고정된 곳에서 벗어나고자 할 때 시작된다. 정박해 있는 배가 흔들릴 때 그것을 순항 중이라고 여기지는 않는다. 굵은 밧줄이 붙잡아 주고 있는 한 혼자라는 외로움으로 흔들리지도 못한다. 단단히 고정된 배는 닻을 올리고 묶인 줄을 풀고 출항하면서 드디어 흔들림에서 벗어난다. 그리고 우리는 자기의 삶이 정지하지 않고 계속 이어지길 바란다. 마치 독립된 각각의 뉴런들이 서로 연결을 시도해 하나의 정신으로 움직이는 체계이길 갈망하듯이. 그건 흔들렸던 어제는 떠나보내고, 새로운 아침을 맞이하면서 생생한 오늘에 매달려야 한다고 스스로 믿는 일이기도 하다.

2018년 봄의 일로 기억된다. 친구들과 이런저런 얘기를 나누다 각자 나름의 고충들을 토로한 적이 있었다. 일과 가족의 고민까지 더해져 어렵다는 얘기가 주된 대화로 돌았다. 대체로 나 정도의 연령대가 되면 어려워할 만한 고충들이 아무래도 여럿 있게 마련이다. 특히 노부모의 건강 문제는 자식일지라도 개선하거나 해결하기가 힘든 일이다. 분명한 한계를 느끼는 무력감으로 가족을 바라보는 일은 그래서 더 가슴 아픈 일인지 모른다. 그날 함께 했던 친구 셋이 시간을 맞춰 강원도 정동진(正東津)으로 차를 몰았다. 잠시나마 시원스럽게 펼쳐진 푸른 바다에 묶여 있던 마음을 하나씩 띄웠다. 그리고 조용한 카페에 앉아 서로의 고민을 위로해 주고받았다. 우리는 그것을 할 수 있는 사람들이란 사실을 나는 그날 정동진에서 확인할 수 있었다. 혼자 외롭게 흔들리던 세 사람은 서로 하나씩의 마디로 이어졌다.

그날의 기억도 사진처럼 남고 말았다. 시간은 흘렀고 그해 연말 우리는 다시 만났다. 해묵은 여러 고충이 완전하게 해소되는 일상은 아니더라도, 세 사람은 보이지 않는 뭔가로 연결된 느낌이었다. 오히려 흔들릴 때 우린 집중할 수 있는 순간도 동시에 맞이한다. 그래서 흔들릴 때 멈추려 하기보다는 힘껏 흔들었음을 추억해도 좋을 것이다. 오늘도 정박해 있는 배처럼 흔들리고 있다면, 그때는 자기 자신이 등대가 될 필요가 있다고 생각한다. 비록 지금은 순항이 아닐지라도, 우리는 자기와 관계 맺기 위한 흔들기마저 멋지게 해내야 한다. 정지해 있는 사진도 자세히 들여다보면 숨 쉬고 있는 존재가 있음을 발견하듯.

# 그대의 시각차 공격

오십을 먹도록 제대로 안 되는 것 중 하나는, 과정의 끝과 새로운 시작 사이의 중간 부분을 내게 유리하게 할 줄 모른다는 점이다. 무슨 말이냐면 중간들을 잘 채우지 않고 처음이나 끝으로 몰아간다는 얘기와 같다. 경험하는 것이 무엇이 됐든 그 상황을 내게 희극이 되는 쪽으로 바꿔 나가는 기술이 부족함을 증명하며 살고 있는 것 같다.

이십 대 초반이었을까 아주 오래전 기억이다. 주말 오후 TV에서 한일 여자 배구 경기가 진행되고 있었는데, 나는 턱을 괴고 엎드려 시청하고 있었다. 마침 아버지께서 일을 마치고 오셨는데 바짓단 끝에는 작은 시멘트 알갱이들이 주렁주렁 매달려 있었다. 아버지는 집 짓는 일을 맡아 하셨다. 오전 일을 마치고 들어오셨다고 했다. 아버지도 자리에 앉아 배구 경기를 시청하셨다. 세트 스코어는 2대2였다. 앞 경기까지는 두 팀 모두 투혼을 발휘하는 백중지세였는데, 마지막 5세트부터 일본으로 전세가 완전히 기울어지기 시작했다.

"저러다 지지, 저러다 져!" 아버지는 실망과 걱정이 섞인 마음을 밖으로 내비쳤다. TV에서 한국 여자 선수들은 전의를 완전히 상실한 모습이었다. 경기는 뒤로 갈수록 눈에 띄게 균형을 잃고 일본의 승리로 끝날 게 분명해 보였다. 세트 초반은 주거니 받거니 했는데, 어느 순간부터 맥이 풀린 움직임을 보이기 시작했고, 공격은 물론 수비도 뒷받침되지 않았다. 전의를 상실한 한국 선수들은 일본 선수들에게 농락당하며 끝을 향해 가고 있었다. 그런데 한국에서 작전타임을 신청했고 그 뒤 놀라운 일이 벌어졌다.

한국 선수들은 전의를 불태워 매 서브 포인트를 따내는 경이로운 투혼을 발휘하기 시작했다. 파죽지세가 그런 모습이라면 작전타임 이후 전개가 그럴 것이다. 일본의 어떠한 공격도 막아냈고 우리 선수들 공격은 모두 성공시켰다. 결국 역전승을 만들어내는 게 아닌가! "어디서 저런 힘이 나오는 것인지!" 나도 모르게 입에서 나온 말이다. 승패를 떠나 마지막 세트의 믿기지 않는 투혼이 감격스러웠다. 비극적으로 끝날 것 같았던 경기는 선수들의 신들린 투혼에 힘입어 역전승이라는 희극을 만들어냈다.

'인생은 멀리서 보면 희극, 가까이서 보면 비극'이라는 말은 찰리 채플린이 한 얘기다. '아, 정말 맞는 말이야!'라며 거리 조절만 하면서 살아도 인생이 크게 고달프지는 않겠다 싶을 때가 이제는 매일이다. 하지만 어찌 매일 자기 인생을 그렇게만 보낼 수 있으랴! 나는 남다른 영민한 기질을 타고나지 못했다. 그럼 배우기라도 해야 하는데 그러지도 않는다. 그래서 최소한 생각만이라도 바꿔 그런 시도를 하면서 살아가려 노력하는 중이다.

요즘은 격렬한 운동은 물론이고 작은 공을 사용하는 구기 종목조차 좋아하려 들지 않는데, 한창 젊었던 이십 대는 스포츠 구기종목 가운데 농구보다 배구를 더 좋아했다. 특히 남자 선수들의 경기를 보면 힘이 넘치는 타격감을 선사하는 강렬한 스포츠로 배구만 한 게 없었다. 그 당시 한창 주가를 올리던 유명선수들 이름도 여럿 기억에 남아 있고, 배구 공격 기술도 많지만 그중 '시간차 공격'이라는 용어가 있다. 상대편의 블로킹이나 수비 타임을 공격자가 타이밍을 조절해 타격함으로써 점수를 획득하는 공격을 말한다.

공격자가 상대의 수비 타이밍을 빼앗아 자기 주관성에 의

한 공격 포인트를 계속 가져가게 된다면 게임을 승리로 이끌 수 있다. 상대 선수와 내가 동시에 점프를 하면 공격 포인트를 성공시키기가 힘들다. 상대도 역시 자기 주관성에 의해 나를 바라보고 게임을 전개하고 있기 때문이다. 그러므로 둘 중 누군가는 서로 이질적인 관점에서 상대해야 자신에게 승산이 높다. 여기서 포인트는 똑같은 주관성으로 움직이지 않고, 객관성을 선점해 시간을 늘리는 방식을 사용할 때 공격권을 따낼 수 있다는 점이다. 내가 똑같은 시간을 좀 더 오래 다룰 수 있을 때 개인 공격자의 승리는 예견된다.

비극이 계속된다면 그것을 온전히 희극이 되게 할 수만은 없다는 것을 나는 경험으로 알고 있다. 그렇지만 언제나 수세적인 선수가 아니라, 그대와 나는 '시간차 공격권'을 가진 공격수라고 말할 수 있어야 한다. 그러므로 지금은 이제까지의 비극을 희극으로 점차 풀어가는 과정이라 담담하게 믿고, 지금 기쁜 일을 찾아서 그 순간을 늘이는 개인차 기술을 발휘해 보자.

삶이란 비극도 아니고 희극만도 아닌 것을 우리는 경험을 통해 알고 있다. 특별히 인생을 가깝게 볼 게 아니라 멀게 두고 객관화를 이용하자. 그렇게 시간차를 이용해 주관화에서 빠져나와 객관적인 거리를 주고 기쁨과 슬픔을 필요할 때마다 사용하면 어떨까.

# 지금까지도 바라봐 주시는

얼마 전 집 근처 정육점에 들른 적이 있었다.

"돼지고기 찌개용으로 오천 원어치만 주세요." 내가 주인에게 말했다.

"껍질 붙어 있는 거 드려도 돼요?" 내 취향을 물은 건지 자신의 의향을 말한 것인지 주인이 물었을 때 나는 반사적으로 '아니요'라고 대답했다. 그때 마침 키가 작고 몸도 왜소한 할머니 한 분이 배낭을 메고 들어오셨다. 주인은 새로운 얼굴로 할머니를 친절하게 맞이했다.

"어서 오세요. 뭐 드릴까요?"

"김치 넣고 찌개 끓이게 돼지고기 좀 줘요. 손자가 와서." 할머니는 뒷말을 흐리셨다.

"껍질 조금 붙어 있는 거 드려도 괜찮으시겠어요? 조금."
정육점 주인은 돼지고기를 꺼내 토막을 내면서 말을 이었다. '남은 고기는 볶아 드셔도 좋아요'라고 덧붙였다. 말끝을 흐리던 할머니는 잠시 머뭇거리다가 '줘 봐요'라고 대답했다.

돼지고기와 묵은김치를 넣고 한껏 끓여내면 국물이 칼칼하면서도 시원해 먹기 좋은 찌개 맛을 볼 수 있겠구나 싶었다. 오랜만에 찾아온 손자에게 손수 찌개 밥상을 차려주려는 할머니의 애틋한 마음이 전해졌다. 그러고 보면 찌개는 밥상의 한가운데를 차지하는 음식이라 할 수 있다. 금지옥엽 귀한 손자가 찾아온 날이었으니 할머니에게는 특별히 반갑고 애틋한 날일 거라는 생각이 든다. 그러다 잠시 생각을 따라가다 보니 왠지 그동안 할머니가 외롭게 지내셨을지 모른다는 생각에 닿았다. 시대가 예전과 많이 달라졌다고는 해도 할머니와 손자의 각별한 정감은 마르지 않았다고 믿는다. 할머니와 손자, 손녀의 관계는 아이들 입장으로 보자면 부모와는 또 다른 특별한 관계가 아닐 수 없다.

내게도 한참 오래전의 기억이다. 지금은 돌아가신 친할머니를 생각할 때면 항상 먼저 떠오르는 모습이 있다. 나는 중학생이었고 동생 둘이 초등학교에 다니던 어린 시절이었다. 매년 방학만 되면 남동생들과 할머니 집을 찾았다. 도심에서는 경험할 수 없는 시골의 자연스럽고 투박한 경험과, 무엇보다 구애받을 일 없이 자유롭게 지낼 수 있다는 이유에서였다. 특히 여름이면 동생들과 냇가를 거슬러 가며 버들치 피라미 미꾸라지 등 물고기를 잡는 일은 할머니를 찾는 첫 번째 이유였다. 여름방학 내내 우리는 누구의 간섭과 구속 없이 함께 놀고 또 놀았다. 그렇게 마을의 개울 뒤집기를 방학 내내 보내고 아쉽게도 집으로 돌아가는 날이 찾아왔다.

"할머니 안녕히 계세요. 다음에 또 놀러 올게요!"

"그래, 어서 가, 조심해서 가~."

세 명의 손자는 할머니에게 작별 인사를 하고 차마 떨어지지 않는 아쉬운 발걸음으로 신작로 길을 따라 걸어 나갔다. 흐르는 시냇물 길을 따라 걸어가려니 발걸음은 건성일 뿐이었다. 하지만 개학이 코앞이라 가야만 했다. 할머니 집 마당에서 버스 정류장까지 어린 우리에게는 족히 수 킬로미터는 될 만큼 멀게 느껴지는 먼 거리였다. 어슬렁대며 한참을 걸어 나가다 길이 꺾이고 마을이 시야에서 곧 사라지는 곳에 이르렀을 때, 무심코 할머니 집 쪽으로 고개를 돌렸다. 그런데 이게 어찌된 일인가! 그때까지도 손자들 뒷모습을 놓칠세라 그 자리에 선 채 여전히 우리를 바라보고 계시는 게 아닌가! 할머니는 어린 손자들 뒷모습이 시야에서 완전히 사라지는 순간까지 걱정하는 마음으로 지켜보고 계셨던 것이었다.

나는 지금도 할머니의 그 변함없는 모습을 잊을 수가 없다. 아니 오히려 어린 시절을 떠올릴 때마다 오늘까지도 애틋한 사랑을 보내주시고 있음을 느낀다. 손자들 되돌아가는 걸음이 걱정돼 모습이 보이지 않는 순간까지 놓치지 않고 어루만지고 살펴주시던 할머니의 넓은 사랑을 잊을 수 없다.

할머니는 언제나 할머니로만 계시지 않았을 것이다. 할머니로 어머니로 손녀로 이전의 더 깊은 세월을 끌어안으며 지금에 이르신 것이 분명하다. 그렇게 나의 할머니는 세상 할머니들의 삶에 있는 많은 우여곡절을 대부분 비슷하게 경험하신 분이시다. 특히 아들 때문에 겪어야 했던 온갖 고통과 고생을 아는 나로서는 더욱 애처롭다. 그러고도 내 기억을 통틀어 단한 번도 얼굴 찌푸리는 모습을 그 누구에게도 보이지 않았다는 사실이 오히려 지금까지도 이해가 되지 않을 뿐이다.

그렇지만 아무것도 알지 못했던 그 시절, 받는 것을 당연한 줄로만 알았던 나로서는 그것이 그럴 수 없다는 사실을 너무 뒤늦게 알고 말았다. 우리가 집으로 향하던 날, 한 점 미동도 없이 전설의 바위처럼 서 계시던 할머니. 돌이킬 수 없는 세월은 흘렀지만, 뒤돌아보면 지금까지도 그곳에 선 채 어린 우릴 바라봐주고 계신듯하여, 할머니를 떠올릴 때면 눈시울이 붉어진다.

# 머무름이 없는 아이

　　지난겨울은 꾸준하게 산을 다녔다. 겨울철 먹이활동 없는 새들에게 먹이를 주는 재미로도 자주 다녔다. 추위가 조금씩 풀리면서 겨울에서 봄으로 넘어가고 있었다. 하지만 중국에서 날아온 미세먼지 여파로 온 나라가 연일 호흡곤란을 겪는 날은 계속됐다. 바야흐로 나들이하기 좋은 봄기운은 점차 완연해졌건만, 미세먼지로 바깥 활동을 할 수 없는 날이 계속된 것이다. 중국에서 날아온 최악의 미세먼지 공습은, 생활의 패턴과 일상의 정서까지 혼돈으로 몰아갔다. 시원스럽게 시야가 트이는 날, 환하게 바라볼 수 있는 게 가능한 그런 날이 찾아오기를 바랐다. 더디기는 해도 봄은 꽃을 담아 오고 있었다.

　　지난해 3월의 등산 기억을 더듬어 보니 올해 3월도 활짝 핀 꽃을 기대하기는 어려울 것 같았다. 이맘때 진달래 꽃망울은 활짝 필 꽃을 품은 채, 아직 겨울 냉기의 띠를 풀고 나지 못했기 때문이다. 우리가 흔히 상상하는 3월은 '어엿한 봄!' 이런 생각이 들기 마련이지만, 3월의 산에서는 그런 봄을 기대하기가 어려운 일이다. 미세먼지로 뒤덮인 북한산을 바라보노라면, 조선시대에 그려져 전해오는 한 폭의 진경산수화처럼 다가온다. 미세먼지가 먼 산과 가까운 산에 농담을 만들어낸 이유에서다. 바라보는 곳마다 짙은 회백색으로 뒤덮여서인지 불현듯 발전이라고는 찾아볼 수 없는, 오히려 퇴보하고 있는 세상 같아 답답하게만 느껴졌다. 짙은 미세먼지는 전망을 암담하게 만들기에, 선명하게 볼 수 있는 그런 날이 오길 바라는 날이 많아졌다.

　　나와 국민의 염원에도 불구하고 2월부터 시작된 미세먼지는 한 달이 넘게 이어졌다. 그러고도 얼마를 반복하고 다시 2주간의 미세먼지 공습이 끝나면서, 햇살이 부쩍 따뜻해졌다. 산을 찾지 못한지도 한 달 반이 넘고 있었다. 한동안 정성을 들여서 하던 일을 못 하게 된다면 어떤 상태일까? 일상을 채우던 패턴과 변화의 가능성을 느끼지 못하게 될 것이다. 그것은 어떤 형태로든 퇴보를 의미하고, 지연을 초래하는 원인으로 느껴질 게 자명하다. 늘 하던 일을 하지 못하는 것은, 바라지 않는 일을 하는 것과 다르지 않다. 예기치 않은 불행이 발생하지 않길 바라며 일상의 복귀를 꿈꾸는 것처럼. 그건 아마도 더 나아지길 바라는 가능성과 연결되길 기대하기 때문일 것이다.

신인 가수도 꾸준히 노래 연습을 한다면 점차 멋진 목소리를 낼 수 있을 것이다. 이미 상영된 영화라도 새로운 해석과 참신한 시도로 재상영한다면, 관객들로부터 좀 더 많은 호응을 얻어 낼 것이다. 그런 의도에서 시리즈물이 계속 만들어지고 있는 것이리라. 그렇기에 반복되는 과정에서 더 나은 가능성을 점차 현실로 만들어내는 것이리라. 진화한다는 의미도 끊임없이 유용한 상태를 지향하며, 성장하고 재생산하는 일인 것처럼. 그렇게 두 달 가까이 산에 오르지 못한 나는 매일 능선을 바라보며 활짝 핀 진달래꽃을 만날 수 있길 희망했다.

3월의 산을 바라보면서, 활짝 핀 진달래꽃을 상상하는 날이 많았다. 비록 볼 수는 없었지만, 그러니까 그때 진달래꽃 나무는 되돌릴 수 없는 일관된 일상을 살며 계절을 받아들였던 것이리라. 그리고 아직 꽃봉오리에 불과한 꽃은 꽃이길 결심했을 것이다. 세찬 바람이 불고 이리저리 흔들리면서 꽃은 참아냈을 것이다. 그 속에서는 일관된 일상과 함께 이미 실현된 꽃이 억누름의 담금질을 시작했기 때문이다. 드디어 고요한 새벽에 꽃봉오리는 자각하기에 이르는데, 자신은 이미 만개함을 드러낸 꽃이었다는 사실을 증명한다.

무엇인가를 염원하고 새롭게 하기 위해서는 '일관된 일상'의 토대가 있어야 가능한 동력을 얻을 수 있다. 여기서 얘기하려는 일관된 일상이란 고유하게 고정돼 불변이라고 말하려는 것은 아니다. 개인에게는 항상성을 유지하면서 새롭게 전달되는 동력이야말로 가능성의 필수 조건일 것이다. 그것이 있고 순하게 분발할 수 있는 상태를 획득하는 것이야말로, 우리가 말하고자 하는 더 나은 가능성을 의미하는 것일 테니까.

4월도 며칠 남지 않던 날, 오랜만에 등산을 갔다. 산의 능선은 만개한 진달래꽃으로 붉게 물들었고 활짝 핀 진달래꽃을 한참 들여다보았다. '그래 어쩌면 가능성은 이미 본 것에 대한 예견에 존재하는 것이겠구나.', '드러내는 것은 가능성의 실현이겠구나.' 꽃을 보면서 지난 3월 초, 베란다를 통해 이곳을 바라보던 기억이 떠오른다. 등산은 물론 바깥 활동마저 자유롭지 못하던 시간에, 활짝 피어 있는 꽃의 모습이 그려졌다. 그때는 아직 꽃을 피우기엔 춥고 이른 때였지만, 나는 분명히 활짝 피어난 꽃을 그릴 수 있지 않았던가. 산에서 내려오는 길에 꽃의 아랫부분을 두 손가락으로 만지며 되뇌었다.

"그래. 역시 가능성이 실현된 세계에서 사는구나. 그러므로 [지금]은 가능성을 찾을 수 없는 상태겠구나." 그때의 나는 가능성을 간직했지만 이미 사라지고 없다. 오히려 지금이라 말해지는 건 한계의 세계라는 생각을 떨치지 못했다. 들여다보았을 때는 이미 실현된 것이기에 더 이상 가능성을 품지 않음을 알게 되자, 내가 있는 주변이 다르게 느껴졌다. 그리고 갑자기 환한 빛이 눈에 들어왔다. 3월의 가능성과 그것이 실현된 지금, 그렇다면 오늘 우리에게 새로운 가능성은 무엇일까, 라는 의문과 궁금함이 동시에 생겼다.

집으로 돌아와 좀 전 등산했던 산 능선 쪽을 바라본다. 어떤 가능성으로 다시 숨 쉬는 산이 느껴졌다. 그리고 이미 가능성이 실현된 세계를 목격한 나도 느껴졌다. 한계로 드러난 현실을 더 나아지게 하는 일이 무엇일지 생각했으나 떠오르지 않았다. 오히려 생각하면 할수록 머리만 더 탁해지고 무거워졌다. 가스레인지에 물을 올리고 이제까지의 생각들을 메모지에 적었다.

"가능성, 보이지 않을 때 존재하는 것. 지금의 현재는 가능성이 이미 실현된 곳, 그래서 가능성이 없는 한계의 세계인 것. 새롭게 가능성을 만들기 위해서는 하는 것과 마음의 요체를 동시에 직접 해나가는 것. 그때 현재는 새로운 가능성의 세계로 계속 열린다는 것."

며칠 뒤, 지역에서 운영하는 문화센터에 갈 일이 있어 들른 적이 있었다. 4, 5세로 여겨지는 유치원생들이 그곳 문화광장을 온통 차지하고 있었다. 알아보니 오늘 어린이를 위한 뮤지컬이 공연된다고 했다. 지역구 안에 있는 유치원 아이들은 전부 모였나 싶을 만큼 많았다. 차도에는 도착하는 순서대로 유치원 차들이 세워졌고, 그 안에서 아이들이 쏟아지듯 내렸다.

맨 앞줄에 선 아이의 손을 잡고 인솔하는 선생님이 광장으로 걸어갔다. 손에 손을 잡은 아이들도 그 뒤를 따랐다. 한동안 나아가던 행렬 맨 뒤 여자아이가 넘어지며 손을 놓쳤다. 인솔하는 선생님은 계속 앞으로 걸어가고 있었으므로 넘어진 아이를 볼 수 없었다. 아이를 바라보고 있던 나는 '아이코! 무릎이 몹시 아프겠구나' 하는 마음 때문에 등줄기가 찌릿했다. 크게 울음을 터뜨릴지도 모른다는 불안감이 들었다.

하지만 아이는 그 누구도 자기가 넘어진 것을 알아보지 못하자, 아무렇지 않은 듯 두 손바닥을 털고 일어났다. 아이가 뒤를 돌아보았지만 아무도 없었다. 그리고 저만치, 저만치 앞서 걸어가는 남자아이 쪽으로 달려가 작은 손을 내밀어 잡는 모습이 눈에 들어왔다.

# 망원경과 현미경

지난 세월 무엇을 하면서 지냈을까 생각하자면, 구체적으로 살았을 텐데 대부분은 기억으로 남아 있지 않다. 명확한 추억이 될 수 있는 몰두가 자신의 삶을 이끌고 견고하게 유지해 주는 핵심이라 생각한다. 그런 믿음에 비춰볼 때 나로서는 많지 않은 기억이자 추억이라 지금도 안타깝기만 하다. 그래서 기억이 내 인생은 물론 생명까지 연장해 준다는 나름의 믿음까지 가지게 됐다. 추억이 많지 않은 삶은 황무지에 서 있는 자신을 확인하는 일인 만큼, 살아서도 외롭고 쓸쓸할 것이다. 그 때문인지 요즘 내 주된 관심사는 추억 만들기라 말할 수 있다.

어린 시절 누군가에게 무엇인가를 받아 본 기억이 있었나, 가만히 돌이켜보니 장난감이었고, 그게 열 살 무렵이라는 걸 떠올릴 수 있었다. 그 무렵 70, 80년대는 중동건설업으로 호황을 구가하던 시기였다. 국내뿐 아니라 해외로도 근로자 파견 붐을 이루던 때였는데, 당시 아버지는 중동에 1년씩 나가 건설 일을 하고 돌아오셨다. 하루를 일 년처럼 지내셨을 아버지는 매해 귀국할 때마다 장난감을 한가득 사 오셨다. 삼남이 었던 이유 때문인지 선물은 대부분 '탱크', '경찰차', '포크 레인', '트럭', '요지경 필름 카메라', '망원경' 등 사내아이들이 좋아할 만한 장난감이 대부분이었다.

그중에서도 단연 내 가슴을 뛰게 했던 것은 망원경이었다. 전쟁 중 실제 전투에서도 바로 사용할 수 있어 보였다. 세상의 실체를 눈앞까지 끌어들여 샅샅이 볼 수 있는, 전형적인 전투 무기로도 손색이 없었다. 요란한 소리만 내다가 건전지가 약해지면 금세 시들해지는 장난감과는 차원이 달랐다. 커다란 어른의 세계를 담고 있어, 거시 세계를 들여다보게 해주는 효용이 어린 우리에게는 남다른 선물이었다. 망원경을 목에 걸고 학교 운동장을 살피고, 인왕산 능선을 파악하며, 전략을 짜는 어린 지휘관의 모습을 보여줄 수 있기에 내겐 너무나도 귀중한 물건이었다.

어린 내게 망원경은 매일 만지작거리는 신기한 물건이 됐다. 아무리 먼 거리도 단숨에 끌어당겨 확대해서 볼 수 있기 때문이다. 밤하늘 달과 별을 자주 들여다보곤 했었는데, 바로 눈앞에 있는 모습처럼 크고 선명했다. 어디를 가든 어디에 있든 망원경의 목줄은 내 목에 걸려 있었고, 수시로 렌즈를 두 눈에 가져다 댔고, 괜스레 먼 산봉우리를 훑으며 확인하는 행동이 많아졌다. 동생들에게는 철저하게 제한된 전망만을 허용했다. 잠을 잘 때도 목에 줄을 걸어 겨드랑이에 품고 잘 정도였다. 세상이 그저 보이는 대로만 보이는 세계가 아니라는 것을 처음 알게 해준, 어린 시절 잊을 수 없는 최고의 선물이자 보물이었다.

그러다가 초등학교 저학년에서 고학년으로 올라가면서 다시 나를 놀라게 한 물건은 현미경이었다. 아마도 생물 수업 때 처음 접했을 광학 현미경은 신기한 어른들만의 세계에서나 떠돌아다니던 물건 같았다. 현미경은 작은 조각이라도 몇십 배 확대해서 자세하게 보여주는 신기한 기구였다. 이처럼 어린 시절에 망원경과 현미경은 거시와 미시의 세계를 체험하도록 해준 특별한 물건이었다. 한동안 망원렌즈를 통해 과정을 뛰어넘는 경이로운 세계로 정신없이 따라갔다. 거기서 더 자세히 들여다보지 못한 아쉬움이란, 그게 내가 볼 수 있는 세계의 끝이 아니라 시작이었다는 걸 그때는 알지 못했다.

그 후로 많은 시간이 흘렀고 인류의 과학기술도 상상을 불허할 만큼 눈부신 발전을 이뤄냈다. 이제는 우주가 시작됐던 가장 먼 심연까지도 들여다볼 수 있게 된 것이다. 어린 마음에 현미경을 망원경 렌즈에 연결하면 어디든 더 먼 곳을 자세히 보게 되리라던 호기심은 이제 귀여운 상상으로만 남아 있다. 비록 오랜 시간을 통과함으로써 과정들이 갖는 삶의 진정성이 희석되기는 했지만, 그랬을지라도 어린아이로서 나도 자세한 존재가 될 수 있었다.

"난 어떤 한 가운데에서 시작했지. 그 안에서 생겨난 건 버리거나 사라질 수 없다고 믿어. 거기엔 내가 봐야 할 관점을 아로새길 뿐. 그러면 그만큼 찬란한 추억들로 빛나게 될 테지. 줌 (zoom)을 위해 배율을 높였다면 그 자체도 삶의 초점인 거야. 다만, 거기서 공명하는 자신의 이야기가 있느냐일 뿐이지. 생각이 아니라 실제 목소리여야 해. 과정을 기억하려면 보는 것이 아닌, 내면에서 울려오는 소리가 있어야 한다고!"라고 썼다.

그러나 안타깝지만 지나간 시간이라고 모두 추억이 되지는 않는다. 삶의 시간에는 어쩔 수 없이 헌납하고 잊어야 할 몫이란 게 있기 때문이다. 배율을 높일수록 확대되는 것같이 과정이 우리 삶 밖으로 사라지는 것만큼이나 아쉬운 일도 없다. 그건 억울함을 당해서 흘리는 눈물을 결의에 찬 눈빛으로 증발시켜야 하는 심정일지도 모르겠다. 배율이 커지는 만큼 추억으로 붙잡을 수 있는 시간과 경험은 줄어들 것이다. 그렇지만 다시 자세히 들어 보는 삶의 전향은 우리가 갈무리할 새로운 추억이라 말할 수 있을 것도 같다.

"나뭇잎에 물줄기가 있네, 시냇물처럼 흐르고 있는 게 보여"

"똑바로 잡아봐, 움직이지 말고. 뒤집어 놨잖아. 아니, 반대, 야, 이 똥땡아!"

"똥땡아?"

"하하하"

과학 실험실에서 아이들의 진지함과 산만함이 뒤섞여 떠들던 모습처럼, 우리가 사건에 섞이거나 덧붙일 때 추억으로 남는다. 입 다물고 바라보기만 해서는 과정이 만들어지지 않는다. 그리고 가깝게 당겨 보는 세계도 추억으로 남기 힘들다. 그러니 가능하다면 우리가 할 수 있는 웃음을 지금의 여기저기에 던지자. 엉뚱한 질문이라도 만들어 자기와 관계를 맺자. 그러지 않고 내가 직접 던져 넣은 게 없다면 언제나 확대된 세상은 나를 높은 배율만큼 멀리 밀어낼 것이다. 그래서 나도 모르게 추억 만들기는 성공하지 못할 것이다. 망원경과 현미경으로 들여다본 배율 높은 세계에 갇힌 과정은 소중하다. 그러니 이제 최대 배율로 당겨진 오늘이라는 확대된 세계에서 사랑하는 사람과 다지고 다져 갈무리해야 할 많은 이야기로 그 통로를 채우자.

# 지구가 별이 되어가는

요즘 들어 마블 영화에 대한 관심도가 많아진 편이지, 몇 년 전만 해도 그러한 캐릭터들은 잘 몰랐다. 상상을 초월하는 초능력 주인공이 더 센 악당으로부터 지구와 우주를 지켜주는 일색이었지만, 나는 그런 공상에 가까운 걸 탐탁하게 여기지 않았다. 자연 앞에서 한없이 약한 인간이기에 허무맹랑한 캐릭터를 앞세우는 허구에 불과한, 그야말로 불가능한 영화일 뿐이라 생각했다. 세월호 참사를 TV로 지켜보면서 만화 주인공들이 활약해 주는 말도 안 되는 상상을 해야만 했을 때, 인간의 나약함과 나의 무논리에 망연자실했었다. 우주도 구하는데, 왜 그런 존재가 나타나지 않느냐고 반문하기도 했다. 어쩌다 상상력이 현실을 이렇게 일그러지게 하고 있는지 안타까움을 금할 수 없었던 기억이 있다.

지구를 구한다고 하니 참으로 환영하고 반색할 일이지만, 아무래도 영화에서 만나길 바라는 등장인물로는 인간적인 주인공에게 더 관심이 많았다. 그러다 허무맹랑한 공상의 존재가 아닌 인간적으로 있을 법한 영화를 찾아서 봤다. 생각해 보면 '배트맨'은 마블 캐릭터 중 어린 시절부터 단연코 내게 친숙한 존재였다. 영화 내용이 중요하다기보다는 배트맨이 등장하는 방식에 흥미를 느낀 기억 때문이었다. 도시의 어두운 밤, 범죄가 발생하면 구름 위로 강력한 조명이 발사되고 검은 박쥐의 문양이 나타난다. 고전적 등장이긴 하지만, 도시를 책임지는 인간적인 영웅, 배트맨의 출현을 알리는 이색적인 장면이 아닐 수 없다.

이 영화보다 더 원조 격인 만화가 한창 인기 있던 시절, 어린 나는 집에 있던 사각 보자기를 목에 두르고 배트맨 놀이를 하며 동네를 뛰어다녔다. 조금만 달려도 망토로 변한 보자기는 등 뒤에서 펄럭거렸다. 그 시절 아이들 놀이라고 해봐야 별 것 없어 손으로 꼽았다. 저녁이면 동네 또래 아이들을 불러 모아 귀신 놀이를 했는데, 캄캄한 동네를 살금살금 돌아다니던 기억이 깊어지는 밤만큼 길게 남아 있다. 귀신이 무서웠지만 귀신 놀이는 재미가 있었다. 기회를 엿보다 스스로가 귀신이 돼 친구들을 놀라게 하는 짜릿함은 기대보다 훨씬 컸다. 귀신이 되는 방법은 너무나 쉬웠다. 랜턴의 불빛을 턱에 가져다 대면 괴기스러운 얼굴이 만들어졌기 때문이다. 일그러진 얼굴에 지레 몸서리쳐 가면서도 귀신으로 홀연히 나타났다 사라지는 그런 존재가 되어 동네 뒷산의 시간 위를 뛰어다녔다.

그런 날 밤하늘은 깊고도 캄캄했으며 촘촘하게 박힌 별들은 크고 밝게 반짝였다. 우리를 내려다보는 밤하늘 별들은 어찌나 크고 또 많았는지. 그렇지만 그런 빛이 얼마나 먼 곳에서 오는지, 또 누가 살고 있기에 반짝이는지 거기까지는 알지 못했다. 그런 칠흑같이 시커먼 밤이면 랜턴 불빛에 비친 괴상한 얼굴 형상이 우주 저 멀리 뻗어나갈 거라고 믿었다. 지금도 그 유령의 모습은 우주의 심연으로 쏘아 보낸 보이저1호보다 더 먼 곳, 끝없는 우주로 나가고 있을 것이다.

그 후 1980년대 '유심초'라는 듀엣 가수가 불렀던 노래 중에 '어디서 무엇이 되어 다시 만나랴'라는 노래가 유행했다. 나는 이 노래를 좋아했고 가사가 '시'라는 것을 알고 더 사랑하게 됐다. 나중에 안 사실이지만 이 노래는 시인 김광섭의 '저녁에'라는 작품으로 만든 곡이다. 노래를 먼저 알았고 나중에야 시라는 걸 알았다. 그때부터 나는 걸으며 노래를 흥얼거리는 버릇이 생겼다. 음유 가수라도 된 듯 어떤 노래든 입에 붙으면 낮은 소리로 부르고 다녔다. 요즘도 자동차를 몰 때면 아내와도 함께 즐겨 부른다. 그러다 끝까지 불러보면 그 시절이 보내주고 있는 알 수 없는 먹먹함에 남몰래 눈시울이 붉어지곤 한다. 지금도 그처럼 젊었던 날 우리가 어디서건 무엇이 돼 다시 만나야 하는, 어떤 사무치는 그리움을 간직한 사람처럼 여전히 그런 정서를 붙잡으려 애쓰며 지낸다.

"저렇게 많은 별 들 중에 별 하나가 나를 내려다본다. 이렇게 많은 사람 중에 그 별 하나를 쳐다본다. 밤이 깊을수록 별은 밝음 속에 사라지고 나는 어둠 속으로 사라진다. 이렇게 정다운 너 하나 나 하나는 어디서 무엇이 되어 다시 만나랴!"

이십 대 중반이었을 때, 나는 어두운 하늘을 쳐다봤고 유령같이 흔들렸지만, 어린 시절 반짝이는 별들 속에서 나의 별을 찾으려 했었다. 그렇게 두 눈망울은 시의 내용을 따라갔다. '무엇이 될까? 이다음에 나는 무엇이 될까? 생각하고 울었다. 그것은 지금과 끊임없이 결별하는 게 결국은 영원한 이별이라는 발견의 눈물이기도 했다. 그렇게 해서 이 세상 수많은 사람 역시 밤하늘의 별이 됐을 것이다. 나도 별이 된다는, 노래처럼 우주가 되어야 하는 인간적 슬픔을 그때 알았던 것 같다. 그때쯤 자기애가 커갔으며 그즈음 사랑하는 사람과 만났다. 나는 그런 정서 안에서 크게 목 놓아 울었다. 그리고 그때 나는 분명히 누군가를 사랑하고 있었음에 틀림없었다.

몇 해 전, 불꽃 축제를 직접 관전하기 위해 한강을 찾은 적이 있었다. 셀 수 없이 많은 사람이 불꽃 축제를 관전하기 위해 운집해 있었고, 저마다 좋은 자리를 차지하기 위해 북새통이었다. 잠시 후 깊고 캄캄한 밤하늘에 쏘아진 폭죽들이 장엄하게 폭발하며 형형색색의 빛을 수놓았다.

"와~!"

한강에 모인 사람들은 탄성을 연발하며 아름다운 불꽃의 향연을 즐겼다. 그 밤은 우주 불꽃 쇼라 해도 손색이 없을 정도였다. 집으로 발길을 돌리는 동안 문득 이런 생각이 들었다.

"태초 우주가 생겨났을 때도 저렇게 태어났겠지? 먼 훗날, 외계행성에서도 지금의 불꽃 축제를 누군가는 감상할 수 있지 테지?"

걸으면서 상상은 이어졌다. 백년의 세월만큼 날아간 불꽃은 참 아름다울 것이라고. 그리고 오래전 랜턴 불빛이 쏘아져 수놓는 캄캄한 우주 배경이 그려졌다. 랜턴 빛에 담겨 귀신 놀이를 하던 추억의 한 장면을 살핀다. 지금도 쉼 없이 뻗어나가고 있을 빛. 그러다 어느 캄캄한 우주공간에서 두 장면이 어울려 한바탕 춤을 추는 상상을 해본다. 폭죽처럼 밝혀가며 서로 어우러져 춤추고 있을 빛의 향연이 있다.

나는 지금 밤하늘 빛나고 있는 별들을 올려다보고 있다. 아쉽게도 지구에서는 그 빛의 향연을 볼 수 없는 일이기에 추억하고 그리움으로 위안 삼게 될 것이다. 그렇지만 조용히 다짐하게 만든다. 이미 지나간 시간, 영원히 돌아오지 못하는 먹먹함에 숨 쉬더라도, 지구의 나를 더 이해하고 풀어헤치고 사랑의 빛을 밝히고 살아간다면 여기도 충분히 빛나는 별이 된다는 사실을.

# 먼저 그곳에 있어야 해

    타임머신, 시간여행을 마음껏 할 수 있는 기계가 만들어지고, 거기다 내 차례까지 이용할 수 있는 날이 올 수 있을까? 지나간 시간을 되돌아볼 때마다 아쉬움으로 가득한 나는, 그렇다면 회복할 수 있는 시간으로 되돌리려 할 게 분명하다. 이건 나만의 바람은 아닐 것이다. 보통의 사람이라면 누구라도 생각할 수 있는 마음이지 않을까 해서다. 그래서 가능하다면 당장 내일이라도 그 기계가 만들어지길 바라지만, 미리 밝히는데 정작 그때가 오더라도 나는 이용하지 않을 생각이다. 그걸 확언하는 이유는 자동차나 비행기처럼 나를 어디로 데려다주는 방식과 다를 바 없을 거라는 점, 또는 세상을 다 옮길 만큼 큰 기계가 상상되지 않아서 더 그렇다. 그렇기에 대신 기계가 해주는 것이 아니라, 나 같은 사람이야말로 진짜 시간 여행자란 생각을 하기에 이른 것이다.

2017년 7월, 본격적인 장마가 시작됐지만 비는 내리다 그치기를 반복했다. 새벽 5시, 평소보다 일찍 잠이 깬 나는 조용하게 그러나 씩씩하게 쏟아지는 빗소리를 차분히 듣고 있었다. 새벽 빗소리는 복잡했던 어제의 마음을 말끔하게 씻어내주는 것 같았다. 오래전부터 굵은 장대비가 쏟아지면 온몸으로 맞길 바랐는데, 불현듯 당장 오늘 그 비를 맞아야겠다는 생각이 들었다. 아마도 내 마음 바닥에 납작 눌어붙은 얼룩진 시름에 대한 씻김과, 온전하지 못한 성정에 대한 채근의 마음이 컸던 때문이리라. 더불어 자연에서 새로운 무엇인가를 의식처럼 받아들이게 될지 모른다는 설익은 기대도 한몫했다. 그곳에 있을 수 있다면 내가 원하는 만큼 시원하게 변할 수 있을 거라는 생각이 작동했기 때문이다.

한동안 조용한 침묵이 흐르는 사이 쏟아지던 비가 잦아들더니 그쳤다. 다음에 내리는 빗속에는 어김없이 내가 있으리라 마음먹었다. 가벼운 옷으로 갈아입은 뒤 시계를 보니 정오를 막 지나고 있었다. 검은 구름이 잔뜩 낀 하늘에서 빗방울이 조금씩 떨어지더니 장대비가 쏟아지기 시작했다. 나는 하던 일을 모두 멈추고 서둘러 숲으로 달려갔다. 하지만 실망스럽게도 비가 쏟아지는 산으로 가는 동안 장대비는 가랑비로 바뀌고 있었다. 도착한 숲에서 눅눅한 풀냄새가 콧속으로 들어왔다. 그토록 세차게 쏟아지는 장대비에 정신이 나갈 만큼 두들겨 맞기를 기대했건만, 부슬비에 살짝 젖는 정도에 그치고 말았다. 숲에서 되돌아 나오면서 나에게 질책하기 시작했다.

"비 내리기 전 이미 이곳에 먼저 와 있어야 하지 않았더냐. 생각보다, 의지보다, 몸이 먼저여야 의미가 덧씌워지는 것이지!" 시간은 자기의 몸과 가장 밀접하게 관련될 때의 생명 작용이란 걸 간과하고 있던 것이다. 나로서는 '지금'을 달리 말하자면 '그것대로 있는 것'이라 말할 수 있을 것 같다. 의식이나 의지의 가치를 증명해 보이려면 이미 드러날 수 있는 자리에 있어야 한다는 얘기다. 의지보다 행위가 앞서 존재하는 형태라야 참된 삶의 방식이 주어질 수 있다고 생각하기 때문이다.

그처럼 비다운 비를 원 없이, 그것도 세찬 장대비를 맞고 싶어 하던 바람은 실패로 끝났고 그해 여름도 지나갔다. 내가 원하는 참된 삶의 방식으로 이루지 못한 일들은 과거 일이더라도 다시 눌린 생각으로 나타난다. 어찌 그런 생각이나 의지가 이미 그곳에 있는 사실을 따라잡을 수 있겠는가. 그럴 수는 없을 것 같았다. 그러나 우리는 매번 반복되는 생각의 과잉에 빠져 있고, 어느 순간 마음에 매달리면 모든 게 끝이라는 결론을 내기에 이른다. 되돌아봐도 그동안 내가 생각으로 쌓은 경험들은 시간과 불일치라는 걸 의미했다.

유년 시절의 장맛비를 떠올리면 지금과는 비교할 수 없는 빗방울의 굵기에 놀란다. 그리고 더 거세게 쏟아졌다는 점에서도 놀라게 한다. 아이들에게는 내리는 비조차 하나의 놀이 도구에 불과하다. 동네 또래 아이들과 전쟁놀이에 빠져 있으면 비가 내리거나 말거나 전쟁은 계속됐다. 아이들에게 비는 오히려 전쟁이 실감 나도록 해주는 촉매제로 작동할 뿐이었다. 비가 와서 뭔가를 하거나 못하는 문제가 될 수 없었다. 옷이 흙과 비로 흠뻑 젖어도 상관없었다. 오로지 적군인 상대편 아이들을 먼저 발견해야 하고, 포로로 잡아 놓치지 않고 본부에 압송해야 하는 사명감 높은 어린 군인이 있을 뿐이었다.

승패가 중요하지 않은 시절이기도 했다. 전쟁 중 아이들이 하나둘 사라지는 줄도 모르고 나는 빗속에서 그저 진지했었다. 더 어두워지고 아군이던 아이들과 연락이 닿지 않고 끊어지면 그때 비로소 전쟁은 자연스럽게 끝이 났다. 어둑한 저녁, 오 촉 전구, 고추 전구 아래 비에 흠뻑 젖은 채 발가벗긴 작은 몸이 기억 속에서 움직인다. 적에게 들킬 것이 두려워 담 모퉁이에 납작하게 배를 깔고 엎드리던 몸도, 머리 위로 쏟아지는 장대비도 빨랫줄에 걸린 옷에 바람 들 듯 그렇게 어린 여름은 지나갔다.

그 시절 세찬 장대비가 특별한 의미가 될 수 없었을 때, 어린 나는 그저 행복한 어린 군인이었다는 생각이 든다. 어떤 생각들로 덧씌워지지 않고 순간순간을 뛰어다니는 작고 어린 내가 있을 뿐이었으니까. 세상살이에 생각이 많아지고 움직임이 둔해진 성인의 나로서는 그리워 되돌아가고픈 시절이기도 하다. 타임머신, 기계는 그것을 가능하게 할 수 없지만, 유한한 기회이긴 해도 언제든 나는 기억에 있는 그 시간을 다시 추억할 수 있다.

의미가 깃드는 때에 미리 내가 있기는 불가능하다. 그리고 거기서 찾는 의미도 중요할 거라고는 생각지 않는다. 거센 폭우 속에 있지 못했기에 정말 알고 있을까의 의구심도 들지만, 지금도 생각을 행동 속에 숨겨두라 말하길 서슴지 않는다. 생각은 행동에 의해서만 되는 세계로 갈 수 있기 때문이다. 따라서 '생각한다'에는 행동이 없으므로 생각대로 되기가 어렵다. 생각은 일어났다가 바로 사라지기에 그걸 자기의 행동, 즉 몸에 숨겨야 한다고 말하는 것이다.

그래서 행동을 평온하게 받아들일 때 가능 세계로 들어서는 것 같다. 오십이 넘은 오늘까지도 추억할 수 있지만 이제는 그럴 수 없는 게 하나 있다. 그날, 하나둘씩 저마다 집으로 간

줄도 모르고 장대비를 맞으며 전쟁놀이하던 그 시절로 가 볼 수는 있다. 하지만 그때의 어린 내 순수함만은 되돌리지 못하리라. 그렇다면 그건 제대로 되돌아간 것이 아니다. 해서 가끔 그 같은 장대비를 보게 되는 날이면, 문득 그 폭우 속에 지금의 내가 이미 있었던 건 아니었나 싶어, 눈시울이 붉어진다.

**3부**

# 아직은 지금인 이곳에

"모든 구간을 달렸을지라도 지금인 이곳에서 새로운 출발을 꿈꾼다.
지금은 분명 한계이자 공포의 세계지만, 자기를 분리하지 않는다면
영원한 환희를 맞이한다. 다시 새롭게 시도해 볼 수 있는 곳, 지금이다."

# 토끼와 거북이의 경주

끊김이 없이 뛰어가듯 끊임없이 기어가듯 계속 시간은 흘러간다. 감기에 걸린 몸이 비몽사몽 힘들어하던 날, 집에 돌아와 오늘 지나온 시간을 잠시 되돌아봤다. 몸살 때문에 움츠러든 몸과 마음을 풀어주자고 사우나를 찾았고, 찜질방에서 땀을 뺐고, 목욕은 하는 둥 마는 둥 하고 나왔다. 심한 갈증이 느껴져 밖으로 나와 냉면을 먹고 집으로 왔다.

집으로 들어와서는 무엇을 했지? 신발을 가지런히 벗어 놓고 하루 종일 입고 있었던 옷을 벗어 옷걸이에 걸고, 양말을 벗어 다시 발을 씻고, 속이 차가워진 느낌을 몰아내기 위해 물을 끓이기 시작했지. 포트에 끓인 물로 나는 생강차를, 아내는 원두커피를 내려 마시고, 그리고 무엇을 했더라? 계속 무엇인가를 하고 있었어. 그래 무엇이 됐든 계속.

저녁에서 밤으로 갈수록 욱신거리는 신열로 몸은 더 힘들고 괴로웠다. 그러면서도 나는 다음 생각에 가 닿고 있었다. "지나간 시간의 반추는 토끼와 거북이의 경주와 같다는 생각이 들어. 여기서 토끼는 반추하는 행위자이고, 시간을 달리는 거북이를 토끼는 쫓기에도 바쁘지. 토끼는 이미 행위가 끝나 버린 과거 경험에 대한 인식을 의미하니까 말이야. 끊임없이 쫓아 가지만 거북이의 엄연한 현실만은 어느 순간이더라도 따라잡을 수 없는 것처럼." 생각은 계속해서 이어졌다.

"아무래도 과거의 반추라 일컫는 토끼는 거북이를 따라잡을 수 없는 거야. '아킬레스와 거북이 경주'와 유사해 보여도 그것과는 다른 관점이야. 현실 속에서 과거를 반추하는 일은 토끼와 거북이 서로 경주를 하는 것과 같을 뿐이란 얘기지. 이미 벌어진 경험의 시간 배열을 아무리 좁혀도 서로 도달하지 못하는 교차의 지점은 남아 있게 마련이거든. 그래, 현재에서 과거로 간 그 인식의 간극 말이야. 안타깝지만 여긴 알 수 없고 경험되지도 않는 거 같아."

감기와 몸살에 녹초가 돼 버린 몸이 계속 늘어지자 점점 과거로 빠져드는 느낌이 들었다. 몸은 불덩이처럼 뜨거웠지만 오싹한 한기가 감싸고 있었다. 그런 상황에서도 생각은 계속 뛰어다녔고, 내 앞으로 거북이가 엉금엉금 기어가는 듯 느껴졌다. 그것으로 토끼가 거북이를 따라잡으려는 시도는 매번 실패할 뿐이란 걸 바라볼 수 있었다.

이처럼 토끼와 거북이의 경주는 생각을 과거로 반추하려는 순간 시작되고 만다. 그래서 시간을 배열하려는 어리석은 경주를 하는 동안 계속 움직여야만 하지. 그것이 싫다면 생각을 멈춰야 해. 경주를 그만두게 하려면 둘 중 누군가는 서야 한다는 뜻이지. 그래야 오직 그 순간이 전부일 테니. 그러나 생각을 통해 과거를 지금의 시간에 들여놓으면, 그때부터 또다시 경주는 시작되지. 토끼와 거북이, 둘 다 찾을 수 없는 어리석음의 경주가.

# 찜질방에서의 도약

출근길 지하철에서 내려 회사 사무실까지 걷는 길에 든 생각이다.

"나는 왼쪽 발로 도약할까, 아니면 오른쪽 발로 도약하나?"

걷다가 왼발이 지면에 닿을 때 오른발의 도약을, 오른발이 지면에 닿을 때 왼쪽 발에서 도약하는 것이란 생각이 들었다. 걸어서 사무실에 도착하고 보니 어쨌든 회사까지 반은 도약했고 반은 걸어서 왔다는 걸 알게 됐다.

2019년 7월, 마른장마가 연일 계속되다가 소낙비를 뿌린 날이었다. 강원도 고성에 있는 금강산 화암사(禾巖寺)가 있다고 해서, 언제가 되든지 가 보겠다고 생각해 두었던 그곳을 기습적으로 찾았다. 숲길을 따라 신선대에 올라 마주 바라본 울산바위의 웅장함은 지금 생각해도 마음이 벅차다. 달리던 차에서나 올려다보던 그 울산바위와는 달라도 너무 달랐다. 비슷한 높이의 신선대에서 마주한 울산바위의 위용은 정말 대단했다.

북 설악 속초 IC를 지나면 어디서나 바라볼 수 있겠지만, 온전히 바라볼 수 있는 관점의 차원은 달랐다. 그래서 전격적으로 그곳을 찾은 건 참 잘한 일이란 생각이 들었다. 내가 누군가를 위해 좋은 관점을 갖추고자 노력하는 일은 중요한 일인 듯하다. 이쪽의 관점을 좋게 가진다면 울산바위도 역시 자기를 드러낼 수 있는 최고의 관점을 가질 수 있기 때문이다.

최근 몸이 으슬으슬해 집 근처 찜질방에 갔다. 진땀을 빼야겠다는 생각에 소금방으로 들어갔다. 욕탕과 별개의 휴게공간에 남녀가 함께 사용할 수 있도록 만든 장소였다. 들어간 소금방에는 황토색 일색의 옷을 입은 사람들로 가득했다. 다행히 빈자리가 눈에 띄어 함께 간 아내와 나란히 자갈 소금이 깔린 바닥에 등을 대고 누워 이런저런 얘기를 나눴다. 웃음이 섞인 담소를 나누다 아내가 너무 덥다며 먼저 나가버렸다. 좀 전까지 나눴던 이야기가 소금방 안에 감돌고 있는 것만 같았다.

몸을 일으켜 주위를 둘러보는 사이 옆자리를 누군가 채웠다. 찜질방은 다시 만원이었다. 옷은 다 똑같았으며 아내는 사라지고 없었다. 나도 뜨거운 열감 때문에 어지럼증이 살짝 돌았다. 똑같은 옷을 입은 사람들의 웅성거림이 안에서는 크게 울렸기 때문이었는지 모르겠다. 그러다가 소금방 안에서 뜬금없이 이런 생각이 떠올랐다. '아내는 어디에 있지? 어디로 갔지?' 우선 그 자리는 다른 사람이 차지하고 앉았으므로 없음을 인정하자고 생각했다. 아내가 나갈 때 내 생각도 함께 아내와 사라졌다고 말이다. 내 관점까지 떠나간 자리, 그곳에서 다른 곳으로 나를 옮겨야겠다는 생각에 소금방 문을 열고 빠져나왔다.

언제나 그렇다고 장담하지는 못해도 나는 비슷한 모습들 가운데서 다른 면들을 빠르게 구분할 수 있는 예민한 감각이 있는 편이다. 한 사람의 과거 얼굴을 알아본다든지, 한 무리 속에서 또는 혼잡한 도심 한복판에서도 내가 알고 있는 사람은 빛의 속도로 알아본다. 우리가 상대를 어느 관점으로 대하는가와 그저 상대를 바라보는 일은 다를 것이다.

그리고 언제든 자신이 어떤 관점에 있고자 하는가에 따라서 상대의 고정된 관점까지도 좋은 쪽으로 바뀔 수 있다는 것을 이해했다면, 그때마다 우리는 도약하는 중이라고 말하고 싶다.

# 그래서 무창포

마음도 저 나름 숨 고르는 호흡을 하고 싶을 때가 있는 모양이다.

'아차!' 싶었지만 이미 때는 놓치고 말았다. 줄 끊어진 연처럼 고속도로를 빠져나갈 수 있는 나들목을 지나쳐 차는 정처 없이 질주하고 있었다. 새벽잠을 깨워 출발한 보람이 한순간에 모두 물거품처럼 사라지는 것 같았다. 조금 전까지는 내비게이션 길 안내를 따라 잘해 왔는데, 다 내 잘못이었다. 아내와 나는 어제의 일과 오늘의 계획들에 너무 심취해 있었던 게 분명했다. 이번 여름휴가가 큰 차질을 빚게 되는 건 아닌지 무창포IC를 놓치고서야 경각심이 고조됐다.

몇 년 전 여름 피서지는 서해안에 있는 아담하고 조용한 해수욕장이었는데 바로 옆은 캠핑까지 할 수 있는 곳이었다. 처음 찾아보게 되는 곳이었고 상당히 먼 거리였다. 더군다나 휴가철이라 고속도로에는 여름 피서객 차량으로 가득할 게 뻔했다. 우린 충분히 예상했고 그래서 새벽을 틈타 차를 몰았다. 휴양지까지는 먼 데다 초행길이라 그곳까지 가자면 믿을 건 내비게이션 밖에는 없었다. 목적지를 입력하고 차를 몰기만 하면 정확하게 인도해 주는 기특한 재주를 가진 물건이다. 그런데 정작 차를 운전하는 내가 문제가 될 줄이야. 앞으로 나아가기만 하면 아무 문제 없을 거라는 생각만 하고 있었는데.

도심을 벗어나는 과정은 애매하지 않다. 차들로 가득 채워진 도로에서 그저 밀리다가 밀고, 그러다 밀려나다 보면 시야가 탁 트이면서부터 그대로 달리면 그만이기 때문이다. 그렇더라도 초행길이라 내비게이션에 정확한 요구의 주문은 입력해야 안심할 수 있다. 왠지 부당하다는 느낌이 없는 건 아니었지만, 내비게이션 몫의 실현주의를 내가 도맡게 됐다. 애매한 진입로 몇 곳을 간신히 통과했고 목적지 진입 나들목으로 접어들 때는 무거운 눈을 비볐다. 그때까지만 해도 모든 건 순조로웠다. 새벽잠을 깨워 이른 출발이라 시간의 여유도 생겼다. 우리는 최종 목적지에 인접해 있는 해수욕장을 둘러보기로 했다. 새로운 목적지를 대천으로 변경하고 그곳으로 차를 돌렸다.

차를 몰고 가는 동안 조수석에 앉은 아내가 며칠 전, 군산 모임 때 경험담을 들려줬다. 나도 몇 년 전 대천 해수욕장에서 보냈던 휴가에 관한 추억을 하나둘 꺼내기 시작했다. 한참 이런 저런 지난 일을 얘기하는 사이, 그만 대천 해수욕장 진입로를 지나치고 말았다. 어제의 군산, 어제의 대천, 그리고 잠시 후의 대천을 얘기하다 진입해야 할 나들목을 놓치고 만 것이다.

그동안 우리 둘은 군산과 대천에 완전히 빠져 있었다. 서둘러 대천 해변으로 다시 진입할 수 있는 가장 가까운 IC를 검색했고 그곳이 무창포라는 사실을 찾아냈다.

'무창포?'

낯선 지명에 잠깐 당황스러운 낯빛을 주고받으며 무창포 IC로 우리는 굳건해진 마음으로 다시 차를 몰았다.

인생을 사는 동안 우리는 수많은 시행착오와 경로 이탈을 경험하게 된다. 목적지로 정확하게 안내하는 만능 내비게이션 같은 길만 주어진다면 얼마나 좋겠는가. 하지만 경로를 벗어나는 일이 흔히 생기는 이유는 목적지 때문이 아니라, 우리가 좀 더 지금에 주의를 기울이지 못하기 때문일 것이다. 그리고 문득 길을 잃었을 때 이전에는 특별하지 않던 곳, 원치 않았던 그곳이 우리에게 특별해지는 까닭은, 처음 원하던 목적지로 다시금 발끝을 돌릴 수 있는 유일한 순간이기 때문일 것이다.

우리는 무창포IC를 향해 달리는 동안 군산과 대천에 대해 더 이상 얘기하지 않았다. 그리고 그때 접어들었어야 했던 그 순간을 지나치면서 군산과 대천 얘기만 하다가 벌어진 어이없는 상황에 공감하며 서로 깔깔대고 웃었다. 그리고 무창포IC가 지금의 상황을 반전시켜 줄 오직 하나의 길이라는 믿음으로 그곳을 향해 달려가면서 말했다.

"그래서 무창포, 무창포 그러는구나!" 내가 말했다. 그러자 아내 역시 하나 된 목소리로 외쳤다.

"맞아, 그래서 무창포~오 무창포~오 그러는구나!"라고.

# 정적, 그 안에


휴일이면 가끔 아내와 영화를 보곤 한다. 장르를 크게 구분하지 않는 나와는 다르게, 아내는 사실 영화 보는 자체를 좋아하지 않는 편이다. 굳이 좋아하는 장르를 고른다면 잔잔한 로맨스물 정도일 것이다. 하루는 스릴러가 가미된 공포영화를 보는데, 아내는 무섭다며 볼륨을 줄여달라거나 눈을 가리기 일쑤였고 숨조차 제대로 못 쉬는 눈치였다.

"장면 끝나면 얘기해" 아내가 손으로 눈을 가리면서 말했다.

"무서워? 이까짓 게 뭘 무섭다고!" 나는 대수롭지 않고 대범하다는 식으로 가벼운 핀잔을 줬다.

한 마디로 아내는 공포영화를 무서워하고, 요즘 내겐 두려운 영화가 없다. 그런데 영화가 끝난 후 가만히 생각해 보니 아내는 영화에 순전히 감정이입이 된 상태였다는 걸 알게 됐다. 세상을 보는 방식이 나와는 달라서 영화로 만들어진 진실성에 공감하는 능력이 훨씬 크고 유연하다. 겉으로 대수롭지 않게 보는 나와는 달리, 아내는 영화일지라도 진짜로 받아들이고 있었다는 걸 알게 됐다. 하지만 영화로 만들어진 공포라니.

등산할 때 가끔 나를 깜짝 놀라게 하는 것들이 있다. 아주 갑작스럽게 등장하는 청설모, 이름 모를 작은 새, 떨어지는 한 장 나뭇잎, 큰바람, 작은 벌레도 숨죽이며 걷고 있는 나를 깨운다. 살아 있는 것들이 놀라움을 선사한다. 살아 있는 것만이 새롭게 나를 깨운다. 심지어 작년 여름에 부러져 땅으로 떨어지지 못한 나뭇가지 잎 한 장의 움직임에도 깨어날 수 있다.

어느 화창한 봄날, 산을 오르고 있는데 젊은 여자 둘이 한 나무 앞에 서 있는 모습이 눈에 들어왔다. 두 눈을 지그시 감고 기도하는 것 같았다. 그 모습이 사뭇 진지해 보여 숨죽이며 조용히 지나쳤다. 잠시 후 그녀들은 자기들 행동이 수줍었는지 위쪽으로 줄달음쳐 사라졌다. 나는 평범하게만 보이던 나무 앞에서 기도하게 만든 까닭이 무엇일까 궁금했다. 이유가 어떻든 특별할 게 없는 나무에 기도하는 모습은 그녀들의 진정성과 순박함을 말하고 있는 것으로 여겨졌다. 한편으로는 그렇게 커다란 세계와 자신 사이를 밀착시키려는 삶의 방식이 부럽기도 했다.

등산을 끝마친 후, 점심을 먹기 위해 식당을 찾았다. 실내에는 등산객 두 사람이 반주를 곁들인 식사를 하고 있었다. 한동안 서로 이런저런 얘길 주고받더니 잠시 뒤 자리를 정리하고 밖으로 나갔다. 식당에는 벽걸이 TV가 켜져 있었으나 소리가 나지 않았다. 청각장애인을 위한 수화방송이 작은 화면에 도드라지게 보였다. 통유리로 된 창을 통해 밖을 보니 두 사람이 안에서 못다 한 얘기를 새롭게 나누고 있는 것처럼 보였다.

그들은 쇼윈도 안의 사람들처럼 계속 입을 벙긋거리고 있는 모습이지만 말소리는 들리지 않았다. 잠시 후, 이마를 맞대고 어깨를 비스듬히 기대어 서로의 눈을 바라보며 한층 더 진지하게 얘기를 나누는 모습이 눈에 들어왔다. 무슨 말을 나눴는지는 알 수 없었지만, 두 사람 대화는 마치 한 사람이 말하는 모습처럼 느껴졌다. 식당 안과 밖의 풍경은 모두 조용했고, 수화방송과 겹치면서 주위는 정적 속에서 미묘한 수군거림의 장으로 변했다.

한동안 조용함이 지속되다 문득, 좀 전 산에서 만난 두 여성이 기도할 때 정적과 같은 것이겠구나, 그런 생각이 스쳤다. 그곳을 나오면서 오늘 산에서 만났던 두 여성이 바라보고자 했을 그 무엇이란, 쉬운 일도 그렇다고 하찮은 일도 아니란 걸 알게 해줬다. 그건 그들에게는 말함이 없이 구해야 하는, 대단히 어려운 일이란 걸 의미하기 때문이다.

어느 날, 그대가 조용하게 걷다가 놀란다면 그 놀라움은 자기 내면의 세계로부터 온 게 분명하다. 놀랍지 않던 정적 그 고요에서 우리가 말없이 구하려던 건, 놀라운 세계, 그것이 지금 내 안에 생생하게 살아 있음을 깨닫는 것이다.

# 현실에 감읍할 뿐

미래라고 생각되는 것이 우리에게 줄 수 있는 귀착은? '없다'가 될 것이다. 왜냐하면 오늘 이 시간은 우리가 만끽했든 못했든, 의식에 있든 없든, 우주 반대편으로 사라진 채 영원히 침묵할 뿐이니까. 이제껏 살아온 전 생애를 다 뒤적여 진정 선명하고 확연했던 '지금'이라는 시간을 모두 합한다 해도 '하루'가 안 될 것이다. 그래서 늘 재주 없는 인생을 살고 있다는 생각이 들 때면, 눈부실 만큼 선명한 단 하루를 살아야겠다고 생각하는데, 이게 또 그때뿐인 인생이다.

지난 2017년 1월, 기온이 영하 16도까지 급강하하던 날, 버스 정류장 앞 카페 출입구 구석에 세워 둔 화분 하나를 발견했다. 순간, '실내에라도 들여다 놓지, 참 무신경한 사람들이

네.' 싶다가, 자세히 보니 '아, 조화(造花)였네.' 그런 발견이란 걸 했다. 한겨울 찬바람에 흔들렸지만, 푸른 잎이 생화로 착각될 만큼 정교했다. 따뜻한 봄날에 무심코 봤더라면 끝내 생화로 여길 만큼 재현해 놓았다. 그런 데다 겨울의 푸르름이라 더 생화라 믿고 싶었는지 모르겠다. 다가가 잎사귀를 만져 보니 맞닿은 손끝에 따뜻한 온기마저 돌았다. 그때 나는 '너도 지금은 생화!'라고 말한 기억이 난다.

우리가 세심하게 주의를 기울이며 바라본다면, 그 대상이 미묘하게 움직이고 있다는 걸 알아차리게 될 것이다. 어둠에서 그것을 느낄 수 있는 사람은 흔치 않다. 눈동자를 굴려서 볼 때마다 사라지는 순간의 세계를 알게 된 날, 내가 인식된 것만 느끼며 살 수밖에 없는 세계의 한계를 경험한 적이 있다. 보이는 세계는 물론, 볼 수 없고 드러나지 않는 순간의 세계에도 그 선명함과 확연함이 있을 것이라 믿는다. 그것이 곧 지금이자 미래가 될 테고, 온통 빛나는 하루하루가 되길 희망하는 전언이기도 하다.

이건 내가 알고 모르고의 문제와는 다른 존재와 사실에 관한 얘기라 할 수 있다. 그러니까 있는 그대로 현실만이 순간순간 존재할 수 있을 뿐이다. 드러냈다가 감추기도 하는 모든 지금. 그때 이 세계가 어떻다는 걸 조금은 알게 됐던 것 같다. 보고 있는 곳에서 깨달음이, 새롭게 눈을 두는 곳에 깨달음의 와해가 동시에 일어난다. 그래서 나는 복잡하고 더 어려운 세상은 없다는 것을 알게 됐다. 그러한 것이 있다면 오직 내 생각밖에 없다는 사실도.

그날 이후 내밀한 삶을 살 수 있도록 도와달라고 말하기 시작했다. 밖으로 드러나지 않고 치밀하게 엮어내고 거침없이 따뜻한 자율에 이르게 해달라고 말했다. 지나간 건 용서하고 수용하고 되묻지 않겠다고도 했다. 그리고 의도적으로 드러냄 없이 누구의 눈에 띄지 않아도 되는 삶을 소원했다. 자신의 성장을 위하고 지인과 가족을 위해 조금씩 헌신하는 삶이길 간절히 원했다. 타인과 비교하지 않고 부끄러운 일에는 지탄받을 수 있는 용기를 원했다. 그러나 그것들을 바랄 수는 있어도 쉽사리 내 것으로 만들기에는 요원한 바람이란 것을 알았다. 너무 강조하고 있는 삶이라면 반대로 그것으로의 접근을 똑같이 강하게 가로막는 법이니까.

지금도 현실은 그것마저 포함한 모든 걸 내게 드러내고 있다. 그리고 둘러볼 때마다 나는 무엇인가를 늘 놓치는 걸 감지하고, 수세적인 자세에 머물 수밖에 없음을 인정하지 않을 수 없다. 사는 동안 앞으로도 계속 경험하게 될 모든 일을 지금 얘기하는 것이다. 내가 지금을 명확하게 알아채거나 모르고 지나치더라도 현재가 전체로써 나를 감싸고 있다는 사실을 느끼는 일이라면 내겐 중요해진다. 그렇다면 좋은 모습을 보여주기 위해 노력하는 일이, 무엇보다 내게 가장 필요한 재능이라야 할 것이다.

그럼에도 어느 날, 불행하게도 어찌할 바를 모른 채 방치된 나를 목격하게 될 때, 한없이 울면서 지금을 찾으려 할지 모르겠다. 그러나 지금 순간은 내가 떠나온 뒤 남겨진 세계가 된다. 보이는 이 순간 지금은 내가 떠나야 남겨질 세계이고, 보이지 않는 지금 순간은 영원히 존재해야 할 나의 전부가 되는 세상이라 말할 수 있게 될 것이다. 그러므로 한 순간에 고인, 내가 감읍해야 할 위대한 현실이 있기에 오늘도 시간 날 때마다 분명하게 살아가야겠다.

# 오래 타고, 보자

몇 년 전 광양 매화 축제를 찾았던 때의 일이다. 여행사 버스를 이용해 광양으로 향하다 탄천휴게소에 내렸다. 휴게소는 상춘객들로 초만원이었다. 우리나라 관광버스는 전부 탄천에 모여 있는 것만 같았다. 가이드가 동행한 여행이었는데 여행객에게 던진 얘기 때문에 웃었던 기억이 났다. 그때 그가 한 말을 이렇게 기억하고 있다.

"이곳 휴게소 관광버스 전부, 아니 99%가 다 광양행입니다. 있잖아요, 사람이 아무도 없는 곳을 여행하고 있으면 의문이란 걸 갖게 됩니다. 그렇겠죠? 내가 제대로 온 게 맞나? 맞는 선택이었나, 싶어진답니다. 하지만 사람이 아주 많은 곳에 자신이 있을 땐, 내가 잘 왔구나, 그럼 그렇지, 그래, 참 잘했어

~!" 라고 생각한다며, 이번 여행도 바람직한 선택이라는 의미를 담아내 직업의식이 투철한 입담을 쏟아 냈다.

들어봤더니 일리가 있어 보였다. 고속버스터미널에 있는 관광버스 숫자는 견줄 것도 아니었다. 그야말로 많아도 너무 많은 관광버스를 생전 처음 봤으니까. 그 많은 버스가 모두 한 곳을 향해서 간다고 생각하니, 잘했다는 생각에 앞서 나도 참 대단하다 싶은 생각이 들었다. 안도하게 된다는 가이드의 말을 들었을 때 내가 제대로 여행하는 사람인가 잠시 자문하게 만든 것이다. 하지만 확답을 해나가면서 여행을 다닌다고 생각한 적은 없다는 걸 알게 됐다. 그건 혼자거나 여럿이거나 오늘 여행이 인생의 유의미한 선택인가에 대해 그렇지 않은 일이라는, 새로운 생각을 하게 해준 기회가 됐기 때문이다.

버스 여행이 있고 며칠 뒤, 타고 다니는 차에 부착된 블랙박스가 고장인 것을 모르고 지내다가 알게 됐다. 여행을 다니다 보면 버스보다 차를 운전해서 다니는 횟수와 시간이 훨씬 많은 편이다. 기계가 고장이라는 사실을 모르고 있다가 알고 난 얼마 뒤, TV로 끔찍한 차 사고 보도를 접하면서 아내와 주고받던 대화가 생각났다.

"차 블랙박스에 찍힌 사고 영상들 보면 끔찍하던데, 잘못되면 어쩔 뻔했어!" 아내가 불안과 안도 섞인 말을 건넸다.

"그러게. 사고가 일어나도 문제지만 우리가 입증할 증거가 없으면 따지기도 힘들고. 문제가 생기면 곤란해지겠지." 다음 날 블랙박스를 교체하고서야 그 입증 문제에 대한 근심이 조금은 누그러졌다.

본질적으로 블랙박스가 그렇다면, 현실적으로 내비게이션은 참 편리하고 영민한 도구임은 틀림없어 보인다. 도착 시간은 물론 분 단위까지 정확히 예측해서 계산해 내놓는다. 지금보다 놀라우리만치 과학이 발달한다면 내비게이션의 주요한 기능들이 인간의 삶에 긴요하게 활용될 것이라 기대하게 만든다. 어쩌면 [내비게이션 운명론]이라는 새로운 학문이 대두되는 일이 벌어지는 건 아닐까, 그런 생각마저 든다. 한 번도 차에서 내리지 않고 평생 운전하게 된다면, 우리는 언제나 정해지는 목적지로 가는 동안 길 잃을 염려 없이, 최단 시간에 정확하게 목적지를 찾아갈 수 있을 게 분명하다.

물론, 차에 많은 사람이 타고 못 타고의 문제는 덜 중요해 보인다. 인생을 통틀어 반드시 목적지가 있어야 하는가는 강요될 문제가 아니라고 생각한다. 목적에 의미를 결부시키는 건 개인마다 가치 선택적인 문제이기 때문이다. 그날 가이드가 진심으로 여행의 가치나 묘미를 말했다 하더라도 그것들을 다 채울 개인의 몫은 각자 다른 까닭에 설득력 있게 발휘될 것이다.

그래서 바라는 것을 선택하는 일에는 어려운 요건들이 따라붙는다. 목표가 높고 클수록 그야말로 찬찬히 걷는 진수를 발휘해야만 의미와 현실이 동시에 채워지는 체험이 가능해진다. 그리고 사람들이 많고 적음이 문제일 수 없는 건, 바라는 것과 그걸 선택하는 문제로 과정을 거치는 동안 의미의 숙성은 물론, 도착한 곳에서 현실을 통합하는 경험이 필요해지기 때문이다.

　수천 그루의 나무에 매화꽃이 만발하고 수많은 사람으로 가득한 광양 매화 축제장에서, 아내와 나는 되도록 차분하게 봄의 생동감을 느끼고자 천천히 걸었다. 매화꽃들이 흐드러지게 핀 그곳에서 우린 되도록 다른 사람들이 밟지 않은 대지를 밟으며 순간순간을 음미했다. 이곳이야말로 삶의 안쪽으로 오목하게 들어간 자리요, 이제껏 내 생애 가장 나중의 모습임을 확인하며 활짝 핀 꽃들을 가깝고 멀게 눈에 담았다.

　광양에서 돌아와 자동차 블랙박스를 교체하고 며칠 후 저녁이었다. 집 베란다에서 어두워진 바깥을 바라보고 있었다. 어둠을 뒤집어쓰고 한결같은 자리에 주차된 차의 형태가 어렴풋하게 눈에 들어왔다. 앞 유리창 중앙에 블랙박스 램프가 반딧불이 불빛처럼 깜빡거리고 있었다. 마치 현관 바깥으로 밀려나 어둠에 웅크리고 앉은 애완견이 환해진 주인집 밤의 창가를 예의 주시하는 눈빛처럼.

되돌아보니 그동안 항상 내가 목적이 되도록 해주고 기꺼이 자신은 수단이 되어 주던 차였다. 그리고 목적지에서는 반드시 나를 천천히 걷도록 만들어 주고, 찬찬히 음미하게 해 의미 있는 현실이 될 수 있도록 도와주지 않았던가. 베란다 창가에서 캄캄한 밖을 내다보는 모습이 궁금했는지 아내가 다가와 곁에 나란히 섰다. 나는 반짝거리는 불빛에 시선을 두고 아내에게 물었다.

"여보, 쟤는 언제 우리 집에 들어왔지?" 내가 차를 바라보고 있는 줄 몰랐는지 아내가 대답했다.

"누구?" 대답과 동시에 아내는 내 질문의 대상을 알아차린 듯했다.

"아, 우리 차."

"그래, 쟤. 우리 오래오래 타자."

# 아직은 지금인 이곳에

얼마 전 도서관에서 책을 빌려 읽었는데 시간을 다루는 책이었다. 기억에 남는 내용이 있었는데 시간을 대하는 사람들의 성향에 관한 부분이었다. 미래지향적 성향이 강한 사람이 약속 시간 정각에 도착한다면, 현재 지향적인 성향의 사람은 지각하게 될 것이고, 과거 지향적인 성향의 사람은 약속 시간보다 먼저 도착하기 위해 시간을 사용한다는, 좀 어려운 내용이었다. 글 내용을 단순 비교로 맞다 틀리다 구분할 수는 없겠지만, 읽으면서 드는 느낌은 '정말 그런가?'였다.

자신과 약속을 해보면 알 수 있을 테지만, 책 내용이 사실이라면 나는 과거 지향적 성향이 다분한 사람인 듯하다. 약속을 잡으면 우선 시간을 절대 넘기지 않으려 서둘러 준비한다는 점 때문이다. 단계마다 소요될 시간을 예상하고 예기치 못한 상황의 발생 지연 시간까지 고려하는데, 나름의 민폐 차단주의라 할 만하다. 다행히도 지난 약속까지는 시간 계획이 맞았던 것 같다. 그렇다 보니 나는 웬만하면 약속 장소에 일찍 도착하는 사람이다. 책 내용대로라면 대단히 과거 지향적인 성향의 사람으로 분류가 될 듯한데, 미래를 위해 미리 서두르는 사람으로도 분명한 만큼, 이게 과거 지향적인 건지 미래지향적이란 것인지 나로서도 헷갈린다.

TV 뉴스를 통해 연일 교통사고 사망 보도를 접할 때면 매우 안타깝다. 그것도 앞의 차를 추월하려다 예기치 못한 차량과의 충돌 사고일 경우엔 더 그렇다. 조금 더 먼저 가려다 미처 보지 못한 미래를 만나는 일은, 그래서 슬픔이 된다. 물론 나와는 무관할 수 있는 순간이라 말할 수도 있겠지만, 이걸 그렇게 생각해서는 안 되겠다. 나도 그동안 운전하면서 심심찮게 앞지르기를 한 기억이 없다고 말할 수 없기 때문이다.

그런 이유로 나는 앞 차량과 충분한 거리를 두려는 운전 성향이 강하다. 속도가 높아지는 상황이라면 그 거리는 비례적으로 늘어난다. 왠지 차간 거리만큼 영토를 차지한다는 여유와 자유를 누린다고 생각하기 때문이다. 하지만 뒤 차량과는 그렇게 하기가 어렵다. 그건 뒤 차량이 나를 대하는 생각이 어떤지 모르기 때문이다. 무엇보다 뒤차의 거리까지 신경 쓰며 달릴 수는 없는 일이니까. 그리고 앞차와 멀수록 안타까운 사고가 일어날 확률은 줄어드는 법이니까.

오랫동안 연락이 뜸했던 옛친구로부터 부고 연락을 받았다. 친구 어머님 장례식이었는데 어찌하다 보니 몇 년 만의 모임 아닌 모임으로 변했다. 그동안 살아온 이야기에 여념들이 없었다. 오랜만에 만났어도 예전이나 지금이나 변한 건 없어 보였다. 어느덧 오십 대 중년으로 들어서 있었고, 그런 우리를 다시 만나게 하신 건지도 모른다는 말까지 오갔다. 그러나 안 본 사이 서로 얼마나 달라지고 변했겠는가. 모두 각자의 지금에 있는 그것들을 챙겨오느라 그토록 바쁘게 살아온 것 아니었겠나 싶은 마음이 드는 건 어쩔 수 없었다.

바빴다는 말은 어쩌면 힘들었다는 말과도 같은 맥락일 것이다. 그래서 지금까지 살아오는 동안 내가 현재에 만족하기 어려웠다는 생각을 지울 수 없게 만든다. 내가 계획하고 지향해 온 일에 많은 시간을 쓰지 못했다는 걸 인정할 수밖에 없게 한다. 현재의 시간을 많이 쓰면 쓸수록 과거나 미래에 낭비하는 시간은 줄어드는 법이니까. 자연스럽게 인생의 불필요한 낭비들이 소멸하게 되는 것이니까.

"나는 결코 존재한 적이 없었고, 또 언제나 있을 것이다.

누구도 나를 보지 못했고, 언제까지나 그럴 것이다. 그러나 난 살아서 숨 쉬는 모든 이로부터 신뢰를 얻고 있다. 나는 무엇인가?"

과거 오래된 신화에는 이 같은 질문까지 등장하지 않던가. 물론, 이 질문에 대한 답은 '내일'이다. 현재를 통해서만 미래를 바라볼 수 있다고 말했던 괴테처럼, 미래는 언제나 미리 오지 않는 것인지도 모른다. 오늘에서 내일을 생각했다면 내일의 나 역시 지금처럼 아쉬움을 갖게 될 것이다.

1박 계획으로 캠핑 준비를 마치고 출발하는 토요일 아침, 로터리에서 정지한 채 좌회전 신호를 기다리고 있을 때였다. 여러 대의 차량이 내 앞에서 대기 중이었다. 잠시 후 신호가 바뀌자, 대기 중이던 차들이 천천히 사거리를 빠져나가기 시작했다. 나 역시 충분히 건너갈 수 있으리라 판단했기에 좌측 깜빡이를 켠 채 액셀(Accelerator)을 밟으며 진행하고 있을 때였다. 순간 급발진이라도 발생한 듯 우측 이면도로에서부터 3차선, 2차선을 가로질러 경차 한 대가 순식간에 내 앞으로 끼어들었다. 그 순간에도 시간은 흘러갔고 앞서 출발한 차들은 서행하며 좌측으로 빠져나가고 있었다. 끼어들기를 시도한 차는 급가속 페달을 밟아 굉음을 내뿜으며, 이미 적색으로 바뀐 사거리를 순식간에 달려 빠져나가 버렸다. 사거리에는 경차가

서두르며 사라진 만큼의 정적이 찾아왔다. 나는 좌회전 정지선 앞에 선 채 눈 깜빡할 사이에 벌어진 좀 전의 상황을 떠올리기 시작했다.

저기, 차선을 돌면 또 다른 새로운 길, 아직 그곳에 나는 없다. 지금에 묶여 이곳에 서 있는 셈이다. 하지만 지금에 속해 있다는 생각에 알 수 없는 평온이 고요히 밀려오는 듯했다. 아직 저곳으로 넘어가지 않은 지금의 사실이 다행으로 느껴졌다. 저곳은 과거 지향적인 사람이 존재할 수 없는 곳도, 그렇다고 지금까지 발견되지 않고 있는 미래라고 불릴 수도 없는 곳이다. 잠깐의 고요함에서 기다리는 동안 알 수 없는 감사함이 마음에 피어올랐다.

그래, 저곳은 언제든 갈 수 있는 세계. 아직은 지금 여기여서 좋은 이곳이라고, 누군가 속삭이는 듯했다. 그 순간 설렘의 잔잔한 파고가 몸의 중심에서 점점 멀리 퍼져 나가는 걸 느낄 수 있었다.

# 이런 게 글이 될 수 있을까

나는 운전하는 것을 그다지 좋아하지 않는다. 그러나 아이러니하게도 지금까지 두 발로 걸었던 거리와 자동차를 운전해서 달린 거리를 비교하자면, 자동차 쪽이 훨씬 긴 거리라는 사실에 놀란다. 그렇다면 나머지 내 인생길 역시 대부분 차로 달려서 채워질 것이라 충분히 예상할 수 있을 것 같다.

그날도 아침 출근으로 바쁜 시간에 차를 천천히 운전하며 달리고 있을 때였다. 차도의 신호등이 빨간색에서 녹색으로 바뀌었는데도 태연히 차도를 가로질러 건너는 노인이 눈에 들어왔다. 길을 건너자면 지정된 횡단보도 녹색 신호를 준수해서 건너야 한다. 차도의 녹색등을 건너도 되는 신호로 받아들였는지는 모르겠으나 노인은 너무도 태연하게 그리고 자연스레 건너는 게 아닌가!

순간 농촌의 한 농부가 자신의 논에 물을 대러 농로를 걸어가는 모습처럼 느껴졌다. 운전하며 달릴 때면 간혹, '지금 눈앞에 펼쳐져 있는 도로는 누구에게나 삶의 한 노정에 드는 자신만의 영토일 수 있는데.'라는 생각을 해본 적이 있었다. 비록 지금은 엄연하게 차도와 인도로 나뉘긴 했어도, 본래 인간들의 공동 영토와 다름없다고 생각해 본 것이다. 그래서 그날 신호를 위반하고 차도를 건너는 걸 지켜보면서 나만의 운전 습관을 한가지 가져보기로 다짐했다.

"여보, 저 사람을 보니까 앞으로 횡단보도 정지선 앞에 설 땐 여유 거리를 좀 두고 서야겠어." 말을 꺼낸 뒤 후진기어를 넣어 정지선 안에 차 한 대가 들어갈 공간을 만들었다. 뒤에 도로 상황을 확인하고 움직였기에 다행히 문제가 될 일은 생기지 않았다.

"굳이 이렇게까지 할 필요가 있을까? 저렇게 신호도 무시하고 아무렇지 않게 건너는데!"

그날 일로 정지선과 내 차 사이에 자동차 한 대 간격만큼 띄우고 정지하는 습관을 들이고 있다. 모르긴 해도 살면서 자동차를 이용해 달리는 삶에 더 의지하겠지만, 애당초 그 길 역시 인도였으므로 걷는 사람들의 영토를 넓혀주자는 개인적 취지의 신호 정지 방식인 셈이다. 나 또한 어떤 이유로든 차도를 건너야 하는 목적은 생기게 마련이니, 자동차로부터 방해를 덜 받는 일은 자연에 더 가까워지는 일이라 생각했다. 더군다나 남이 알기 어렵고 내게만 국한되는 운전법이니, 그리 나쁘다거나 누군가에게 큰 피해를 주는 일도 아니기에 계속 지킬 생각이다. 그렇게 지켜간다면 아무래도 내가 두 발로 걸을 수 있는 길의 거리도 일정 부분 늘어날 것 같은 마음이 들기도 해서.

따지고 보면 모든 대지는 우리 인간들의 공동 영토이지 않은가. 물론 지금은 공동체의 법규 때문에 누구도 마음대로 위반해 가며 다녀서는 안 된다. 그렇긴 해도 사람이 차들의 위협적 접근을 덜 받고 편하게 길을 건널 수 있다면 그것으로 좋은 일이다. 그래서 운전하는 동안에는 내 차가 사람들에게 덜 위협적이길 희망한다. 그리고 자신의 길을 뚜벅뚜벅 걷는 사람들보다 자동차로 달리는 거리를 악착같이 늘리며 살고 싶지도 않다.

요즘은 예전만큼 횡단보도로 길을 건너는 사람이 드문 것 같다. 바꿔 말하자면 차를 운전해 반대의 길로 들어서는 일이 많아졌다는 얘기가 될 것이다. 그만큼 가까운 거리를 멀게 돌아가는 데 익숙한 생활에 젖어 산다고 말할 수 있다는 뜻이다. 운전을 좋아하지 않음에도 수시로 하는 건, 내 삶이 좀 더 부자연스러운 일이 되는 것이라 여긴다. 그러므로 분명한 목적을 가지고 길을 건너는 사람들 누구든, 편하도록 자기만의 길을 넓고 여유롭게 걸어가고 있다는 신념을 갖게 할 수 있는 일은, 운전자로서 마땅히 해야 할 일처럼 느껴진다.

# 진짜는 여기서부터

대체로 등산은 주말 시간을 이용해서 오르는 경우가 많을 것이다. 나 역시 그렇다. 산을 오르는 동안에도 쉬면서 물을 마시는 장소가 정해져 있다. 집에서 북한산 우이동 분소 탐방로에 도착하면, 그곳에서부터 대동문 산성까지 2킬로미터가 조금 넘는 등산로가 시작된다. 등산 거리로 치자면 비교적 단거리라서 왕복 두 시간이면 적당하다고 생각하고 있었다. 작년 초겨울부터는 전에 비해 꾸준히 산을 오르는 중이다.

산성까지 오르는 길에는 다섯 개의 방화용 부스가 설치돼 있다. 정확하게 거리를 잰 것은 아닐 테지만, 등산로 안내 표시판을 참고해 보면 대략 삼사백 미터마다 설치한 듯 보였다. 산불 화재 방화용으로 적절히 사용할 수 있게끔 준비를 해둔 것인데, 공교롭게도 내가 올라가다 쉬게 되는 지점과 일치한다는 걸 알게 됐다. 이유야 어떻든 대략 그 지점에서 땀이 나고 가져간 물도 마시게 되더라. 갈증을 해소하는 것과 소방용 시설이 나란히 일치한다는 것이 재미도 있었다.

한동안 등산하지 않는 시간에는 독서로 보냈는데, 두 가지 모두 하루 아홉 시간 사용을 기준으로 삼았다. 등산하는 날은 다른 한쪽에 더 집중해야 하는데, 병행해 보니 오히려 독서 시간과 집중도가 떨어지는 날이 빈번해졌다. 결국 등산하는 시간을 줄여야 했다. 물론 독서의 효과를 높이려는 결정이었지만, 그렇다고 해서 시간 단축이 독서의 만족감으로 나타나지 않았다. 오히려 독서 시간의 단축을 초래했다. 시간 배분을 통해 두 가지 일에서 만족하려던 계획은 보기 좋게 실패로 이어지고 있었다.

두 가지 일을 시간 분할이라는 변주로 통합하려 했던 나는 어떤 성장을 기대하고 있었나 보다. 하지만 성장이 멈춰버린 그런 시기가 찾아오고 있음을 몰랐다. 열심히 했으나 발전이 없었고, 제자리걸음일 뿐이었다. 죽어라 하는데 죽어라 안 됐다. 한동안은 어느 것도 제대로 좋아지는 느낌이 없었다. 우리는 보통 여기에서 좌절하고 노력을 멈추곤 하지 않던가. 그건 우리가 진짜 무엇이 되지 못하는 이유이기도 하다. 진정 한

방면의 최고가 되지 못하는 이유. 그 당시 나는 시간을 가지고 '자족'의 게임을 하고 있다는 사실조차 알지 못했다.

'자족(自足)이란 어떤 의미일까. 사람마다 다르겠지만 집중도와 몰입도의 증강에서, 눈에 보이는 성과에서, 보람을 느끼는 이유에서, 고민의 해결에서, 자부심을 느끼는 것에서, 그리고 자신을 이롭게 하고 있다는 감정에서 만족감을 얻는 상태일 것이다. 그런데 가만히 생각해 보면 그 이후는 열정이 빠진 상태와 다름없다는 사실을 알아차릴 수 있다. 이때의 미묘한 기분과 감각을 어떻게 느끼느냐에 따라 더 나아가거나 멈출지가 결정된다. 그런데 안타깝게도 나는 그 감각을 놓치고 있었다.

만일 그때 자신을 감지할 수 있었더라면, 일시적이나마 진, 퇴에 관한 노력 방식과 강도를 바꿀 수 있었을 것이다. 만족은 기뻐 날뛰는 것이 돼서는 곤란하고, 겸허한 수용으로 바꿀 수 있어야 한다. 그래야만 그 자리가 자신의 최대치를 꾀할 수 있는 무한 지점이라고 불리게 될 테니까. 그러나 진짜라면 여기서부터 다시 출발하는 것이라는 걸 나는 알지 못했고, 더군다나 시간의 외연으로 그것을 성취하려 했으니, 돌이켜보면 그때 시간에 대한 궁색한 접근법이 부끄러울 따름이다.

그 뒤로도 한동안 시간을 대하는 내 관점이 얼마나 엉성한

지를 확인하는 일이 생겼다. 그날은 병원을 방문해 진료를 보기로 예약한 날이었다. 얼핏 생각해 보니 집에서 병원까지 걸어가는 시간이 버스로 이동하는 시간과 큰 차이가 있어 보이지 않았다. 버스 정류장까지 걸어가는 시간, 버스 기다리는 시간, 주행 시간, 내려서 병원까지 걸어가는 시간을 합하니 비슷해 보였다. 나는 병원을 걸어가기로 정하고 운동화를 꺼내 신고 출발했다. 결과는 버스로 이용하는 시간보다 두 배가 넘게 소요됐다. 그렇다면 그때의 나는 어떤 시간을 생각하고 있었던 것일까. 그처럼 주어질 시간을 어렴풋이 예단하고 비교하는 행위는, 시간의 본질에 위배가 된다는 교훈만 얻을 뿐이다.

대동문 정상까지 오르지 않고 중간에 내려오는 등산 방식을 선택한 뒤, 등산 열정 또한 조금씩 내리막길을 걷기 시작했다. 한동안 정상에 오르지 못하는 사람이 돼 내려왔다. 북한산 대동문 산성은 산의 정상이라고 불릴 수도 없는 곳이다. 정상이 아니었음에도 그곳까지 오르지 못함은, 늘 묵직한 불만족을 양산하는 결과로 이어졌다. 그만큼 절약되는 시간을 다른 시간에 더하려는 방식은 어리석은 발상이 된 것이다. 시간은 여기에서 빼 저편에 더해주는 방식으로 존재하는 것이 아니라, 이 시간을 완전하게 채웠을 때, 저쪽도 가득 채워질 수 있다는 진실을 담고 있다.

그건 우리의 삶이 시간에 기대는 가장 가벼운 승차 방식이기도 하다. 만족감은 우리가 하나의 일을 수행하는 동안, 가치를 느끼고 기쁜 감정이 드는 것을 말한다. 그게 무엇이 됐든 가공되지 않은 주관적 열정에서 솟아나는 행복한 감정으로 솟아오른다. 그러나 자칫 만족감을 더하기의 마음이 아니라 자족의 자리에 멈추려 한다면, 우리는 예민함을 발휘해 현재에 주의를 기울여야 한다.

내가 생각하는 만족은 더하기가 가능한 마음, 부족함이 사라진 열정의 상태를 의미한다. 우리가 혼동하는 건 지금이 바로 그런 상태라고 착각한다는 점이다. 하지만 앞으로도 그런 상태를 말할 수 있으려면, 내게 북한산 대동문은 최고의 정상이 아님을 잊어서는 안 된다는 것이다. 그리고 언제나 산을 오를 때마다 내가 마지막 밟는 그곳이 나의 최고 자리가 된다는 것을 받아들이는 일이다. 우리에게 진짜는, 분명히 거기서부터 시작되는 법이니까.

# 복수, 나의 모든 것

봄에는 저절로 꽃이 피고 가을에는 낙엽 지지만, 농촌에서 자연히 되는 것은 하나도 없는 듯하다. 열매를 얻으려면 먼저 밭을 일궈서 심고 가꿔줘야만 하기 때문이다. 처가가 시골이어서 심거나 거둘 시기에는 일손을 보태려 내려가곤 한다. 4월의 주말 오후, 하늘이 먹빛 구름으로 드리워지고 있었다. 밭으로 나가기 위해 장화로 바꿔 신는데, 빨랫줄과 나무 기둥 사이 거미가 집을 짓고 있는 모습이 눈에 들어왔다.

한동안 가만히 지켜봤더니 어쩌면 거미는 거미줄 위에 밑그림을 그리는 예술가처럼 느껴졌다. 잠자리, 하루살이, 나비, 나방 등 각종 벌레의 형태를 띤 문양들이 연상됐다. 날벌레들이 공중의 화석이 되겠구나 싶었다. 캔버스에 새기다 지우기를 반복하는, 거미도 하나의 예술가처럼 느껴지던 날이었다.

등산으로 땀을 내지 못하는 날은 가끔 대중 사우나에서 땀을 빼고는 한다. 무슨 욕실 문화 자랑거리더냐고 생각할지 모르겠으나, 어쨌든 그날도 대중 사우나를 찾았는데, 얼핏 보기에도 문신을 한 사람이 몇 명 눈에 들어왔다. 대부분 젊은 사람이고 가슴이나 어깨, 다리 등 부위가 다양하고 한쪽 팔 전체에 알 수 없는 문양도 보였다. 그렇지만 내가 지금보다 젊은 시절만 해도 요즘처럼 넓고 크고 짙게 하는 문신은 그리 흔하지 않았다.

문신을 볼 기회는 대부분 목욕탕에서였다. 문양은 다양했지만 대체로 나비, 잉어, 장미, 도끼, 하트, 거미집과 거미, 한문, 한글을 비롯해 대체로 작은 문신이 많았다. 간혹 몸의 상반신 대부분을 뒤덮고 있는 '용', '호랑이' 문신을 한 사람도 있었는데, 이런 문신을 하는 사람들은 주먹 세계의 일원일 가능성이 매우 커서 조심해야 할 경계의 대상이었다. 가능하다면 근처에 얼씬거리지 않거나 마주치지 않는 게 상책이었다. 괜한 실수를 저지르거나 시시비비에 휘말려 화풀이 당할 우려가 큰 위협적인 인물이기 때문이었다. 그런 문신들은 평범한 사람들을 위축시키기에는 충분한 존재였다.

세월이 많이 변한 이유도 있겠지만, 지금은 문신에 대한 선입견이 많이 사라진 시대에 살고 있다. 이제는 문신(tattoo)이라는 언어로 더 쉽게 불리고, 아직도 불법이지만 소수가 애용하는 문신 문화로 통용되는 분위기다. 거미줄에 걸린 힘없는 곤충의 화석을 그리는 것도 아니고, 새기는 문양도 과거 위협적이라 할 수 있는 성격과 많이 달라졌다. 젊은이들이 패션 목적으로 이용하고 있으며, 남녀 성별에서도 큰 차이가 나지 않는다. 누구나 쉽게 이용하고 또 다양한 문양으로 자신의 개성을 표현하는 게 가능해진 세상이다.

그러고 보니 나 역시 문신을 하고 싶었던 사람 가운데 한 사람이었다. 물론 위협적인 문신을 새겨서 사람을 위축시키고 싶어서는 아니었고, 오히려 순수한 의도와 더 가깝다. 그렇다고 귀여운 문양을 선호하는 것과도 거리가 있었다. 나는 오래전부터 어머니와 아내의 얼굴을 양쪽 가슴에 문신으로 새기고 싶어 했었다.

문신을 해야겠다는 동기는 이랬다. 세상에 절반은 여자라지만 이 세상을 사는 동안 내게 가장 중요한 여자는 단 두 명이란 걸 깨달은 후였다. 물론 두 사람은 어머니와 아내였다. 어머니는 나를 이 세계에 존재하게 만든 장본인이시다. 나를 유일하게 무조건적 사랑과 자애로 대해주시는 분이셨기에, 그 경외감을 표시하기 위해서였다. 그리고 아내도 역시 마찬가지로 나에겐 유일한 사랑의 존재임을 인정하고 싶었기 때문이다.

인터넷을 검색해서 지역 내 문신을 전문으로 하는 업체를 찾아 전화를 걸었다.

"문신을 새기고 싶은데 어떻게 하는지 알려줄 수 있습니까?" 내가 안내를 받고자 관계자에게 말했다.

"양쪽 가슴에 작게 어머니와 아내의 얼굴을 새기려 하는데 방법이나 비용 상담을 받고 싶습니다." 나는 확고한 마음을 가지고 진지하게 질문했다. 그의 답변이 돌아왔다.

"지금은 본업으로 하고 있지 않습니다. 잠시 쉬는 중이고요. 직접 견적을 받아와야겠지만, 요즘은 날이 덥고 또 감염의 우려가 커 대체로 시전하고 있지 않습니다."라고 말했다. 한마디로 본인은 위법 영업을 하고 있지 않다는 얘기와 할 시기도 못 된다는 대답이었다. 그리고 비용에 대해서도 명확하게 말하지 않아 상담은 거기에서 더 진전하지 못했다.

이 세상에 수많은 사람이 있지만 나만을 선택하고 사랑해주며, 오직 나를 위해 살아온 사람은 두 사람뿐이란 걸 깨달았다. 내 몸에 두 여인의 얼굴을 새기는 일은 개인적으로 허용될 수 있다고 생각했다. 왼쪽, 오른쪽 가슴에 새겨 살아가는 동안은 물론, 이 몸이 산화하는 그날까지 영원처럼 새기겠다는 결의가 있었다. 이유야 어떻든 결과적으로 문신을 새기지는 못했지만 지금도 그 마음에는 변함이 없다.

몸에 문신을 하지는 못했으나, 새긴 것으로 예술적인 그림을 꼽는다면 아마도 세계문화유산으로 등재된 이탈리아의 '알타미라 동굴벽화'일 것이다. 구석기 시대 약 일만 이천 년에서 삼만 오천 년 사이에 그려졌을 것으로 추정되는 만큼, 인류사적으로 그리고 미술 문화사적으로도 놀라운 유물이 아닐 수 없다. 역사를 거치면서 인간의 예술적 동기는 자연에 그리던 것을 자기 몸에 직접적으로 표현하는 도구로 발전해 왔다고 볼 수 있다. 벽화를 남긴 여러 동기를 연구하고 있지만, 그중 가장 설득력이 있는 가설은 젊음의 유지를 위한 의식의 반영이며, 이것이 대중화가 됐다는 의견이다.

물론 오랜 역사와 함께 다양한 발생 동기가 있을 것이다. 또 다른 학자들에 의하면 성적 욕망과도 관련돼 있다거나, 심하게는 성도착이나 억압 때문에 발생했다는 의견까지도 있다. 어쨌든 그것을 하나하나 확인할 수 없는 일이긴 해도, 아름다움을 추구하는 미적인 동기가 있는 건 사실일 것이다. 그 가운데 주술적 요인이 녹아 있는 종교적 동기를 중심으로 바라보는 시각이 가장 합리적인 해석이라 말할 수 있을 것 같다. 이처럼 문신은 인간의 예술적 감성을 자신 몸에 새기는 행위임과 동시에, 자신을 드러내려는 표현이자 상징성을 그림의 형태로 창조해 지금껏 이어져 왔던 것으로 보인다.

　　암석에 그 시대의 동물 그림을 그리든, 사랑하는 사람의 모습을 몸에 새기든, 내 안의 어떤 걸 밖으로 표출하는 행위에는 관계를 함의하는 복수의 구조를 갖는다. 표현된 창조물은 내적 외적인 생명력에서 탄생한 것이기 때문이다. 그건 나만이 아닌 복수의 누군가를 삶에 고스란히 남기는 위대한 화석이 되기 때문이다. 그동안 그들과 나누었던 자신의 삶을 조용히 반추해 보라. 복수(複數), 그것은 나를 뺀 모두를 말한다. 나는 단지 그들 곁에 있을 뿐이다.

# 나누지 않는 삶

마음먹은 대로 살아본 기억이 그다지 많지 않기 때문일까, 안 되는 것도, 그럴 수 없다는 사실도 모르는 바는 아니지만 '다시 시간을 되돌릴 수만 있다면 후회 없이 제대로 살아볼 텐데!'라고 생각할 때가 있다. 어느덧 오십을 넘기면서부터 부쩍 드는 생각이다. 좀 더 솔직 하자면 가끔 혼자만의 회한에 젖어 처연한 감흥에 빠지기도 한다. 그러면서도 한편 힘들어했을 자신에게 그동안 허술한 위안이나마 주면서 살았겠구나 싶은 생각이 들면, '아, 그럼 잘 살아온 것인가!' 그런 맹한 의구심이 들기도 한다. 어쨌든 매 순간 변화를 고집스럽게 받아들이며 살았더라면 어떠했을까, 하는 아쉬움도 부인할 수 없는 일이다.

한참 오래전 일이지만 드라마를 본 뒤 느꼈던 생각을 소개하려 한다. 인간으로 변신해 남편을 만나 아이까지 낳고 잘 살던 구미호가, 완전한 인간이 되기 하루 전날, 자신의 정체에 대한 비밀을 지키지 않은 남편 때문에 다시 여우의 모습으로 떠난다는 이야기였다. '구미호'는 CG 기법을 사용해서 만들었다고 했다. 지금의 기술과는 많은 차이가 있지만, 당시로서는 최고의 CG 연출이었으리라. 더군다나 지금까지도 기억에 남는 건 인간에서 본래 모습인 여우로 변해가는 과정을 구현한 장면이다. 화면을 보면서 변환되는 이미지 컷이 몇 개인지 촉각을 세워 보던 기억이 새롭다.

다만 아쉬웠던 점은 인간에서 여우로 변하는 장면보다는, 여우에서 인간으로 변모하는 장면에서 CG 기법의 투박함과 엉성함이었다. 여우도 아니고 인간도 아닌 변신 사이에서 인간에게 잠재된 비밀이라도 찾을 수 있지 않을까, 기대감에 나는 눈을 부릅뜨고 숨죽이며 지켜봤다. 시간 앞에서 우리를 그처럼 또렷하게 변모할 수 있도록 만드는 불변의 증거라도 찾겠다는 일념으로. 여우에서 사람으로 다시 여우로 변하는 모습에 집중하던 기억이 새롭다.

세상은 쉼 없이 변하지만 그러지 않기를 원하는 사람들도 있게 마련이다. 장기 이식으로 생명의 연장을 꾀하려는 사람도 그 하나에 속할 것이다. 생명 복제 역시 변화를 거부하고 개체의 영원성을 유지하려는 인간의 욕구에서 비롯한다. 아직도 인간 복제실험은 엄격한 윤리 문제로 제한하고 있어 실현되지 못하고 있지만, 동물 복제는 실제 성공 사례가 있다. 오래전 기록이지만 1996년 영국의 복제 양 '돌리'가 그렇고, 우리나라에서는 1999년에 복제 소 '영롱이'의 복원도 큰 화제를 모은 바 있다. 최근 들어서는 반려견 복제가 이뤄지고 있다지만, 지금까지 여우가 복제됐다는 보도는 접하지 못했다. 하지만 미래에는 인간들도 100퍼센트 똑같은 유전자를 복제해 내는 날이 오게 될 것이다.

"연기자에게는 공간이 있어야 자신이 존재한다고 할 수 있어요."라고 말한 어느 연기자의 이야기는 직업적인 존재뿐 아니라, 자기만의 영역을 찾아 삶을 개선하는 측면까지도 포함하는 것 같다. 연기를 보여주기 위해서는 적합한 공간이 필요하고, 그 안에서 자신의 존재까지도 표현한다는 의미일 테니 말이다. 그런 측면에서 유독 잘 보여주고 있는 곳이 연극공연장이다. 그래서 주말이면 대학로 연극공연장을 찾아다녔고 심지어 같은 공연을 몇 번씩 관람한 적도 있었다. 무대에서 연기자들은 쉴 새 없이 움직이며 연기에 혼신의 열정을 쏟아 냈다. 암전이 있을 때마다 이야기의 상황은 바뀌고 연기자 캐릭터는 변했다. 하지만 그 모습을 보면서 '배우들은 어제와 오늘, 그리고 내일도 역시 똑같은 연기를 반복하겠구나.'라는 생각을 한 적이 있다. 하지만 그건 내 짧은 소견에 불과했다.

복제는 아니더라도 타인의 삶을 연기로 복원하려는 연기자는 그 배역에 따라 자신의 연기 변신을 시도하고 또 주어진 자기의 삶을 살아간다. 외연의 문제만이 아니라 내면의 인도에 따라 본인이 원하는 모습을 찾아가길 원하기 때문이다. 매일 새로운 인간으로 조금씩 변한다 해도 늘 같거나 비슷한 모습을 수용하며 살아가는 일이 결코 쉬운 일은 아니다. 그래서일까, 자기 안에서 다른 사람으로 변모하는 모습을 느끼고 발견하는 일은 쉽지 않다. 그렇기에 우리가 원하는 방식은 외형의 변화에 치중하는 변화다. 그러나 변화에는 내적 외적 진폭이 다른 시간이 따라붙는다.

시간은 존재가 분리될 때마다 생성되는 것이고 분리가 많을수록 더 발생하는 것 같다. 그렇다면 시간의 발생이 많다는 것은 우리가 무엇으로부터 계속 분리되고 있다는 증거가 되며, 결국 우리의 삶은 축소될 것이다. 말하자면 분리하지 않거나 분리를 줄이면 줄일수록 우리에게는 사용할 시간이 많아진다는 뜻이다. 분리 때문에 완전하고 일관되게 살아갈 자신만의 시간은 줄어든다. 그래서 나누지 않을수록 시간을 길게 쓸 수 있다는 생각은, 진정한 사랑의 대상으로서 자신을 찾는 일과도 무관하지 않은 것 같다.

이제는 현재만이 지금이 아니라는, 미래와 과거라고 부르는 것 또한 현재의 일부이자 전부라고 생각한다. 불교와 과학은 이렇게 말한다. 불교에서는 인간이 반복되는 것을 '윤회' 사상으로 보고, 뇌 과학은 인간이 이전의 사실에 덧붙여 현재를 계속해서 중첩해 인식하려는 동물이라 특징짓는다. 이런 상태에서는 미래라는 청사진이 끊임없이 연상되는 것이기에, 전체를 자각해야 할 필요가 불가피하게 발생한다. 그래서 '주관적 삶을 충분히 살아본 후, 삶이 객관적 시각으로 전환되어야 현대적 윤회의 본질이 아닐까?'라는 생각을 해본다.

우리는 왜 생각이 과거로 가도록 현재를 허용하는 걸까? 과거와 미래는 성질상 동등하고 일부분이 음영처럼 현재에 투영돼 있을 뿐, 오직 지금 순간을 살아야 한다. 그래서 여유가 사람으로 변하지 않고 자기의 모습을 유지할 때, 비로소 자신에게 더 많은 시간이 생기는 것이라는 생각에 힘이 실린다. 나아가 매 순간을 분리하지 않고 지속해 나간다면, 더 이상 불필요한 시간은 생겨나지 않고, 지금의 나는 내가 돼 결국 영원한 존재도 될 수 있을 것이다.

# 내 멋대로 그래, 네 멋대로

"멋대로 산다는 건, 하고 싶은 대로 산다는 뜻이 아니다.
이기적인 마음 역시
자기 편리한 대로 하는 마음이 아니듯.
어떤 고통이 됐든 그 속의 진실을 발견하고
멋을 기품으로 승화시킬 줄 아는 사람으로 사는 일이
곧, 내 멋대로의 삶."

# 이런 하나 마나 한 말은

한동안 이유도 모른 채 아무 일도 하고 싶지 않고 침울한 상태에 빠져 있었다는 걸 알아차릴 때가 있다. 원하는 일에 집중하고 싶은데 지속하지 못하고 머릿속에 자욱한 안개가 들어차 좀비처럼 느껴질 때가 그렇다. 그런 몸은 심장박동마저 미미해져 곧 심장이 정지할 공포감이 동반한다. 이제 뇌파마저 활발한 파형을 그리지 못하고 일직선으로 쭉 그어진 상태로, 마치 자기 실종의 묘연한 적막함마저 느끼던 때가 있었다. 그럴 때는 몇 번씩 좌우로 몸통과 머리를 흔들어 털어내면서

"나는 존재하고 있나?" 그런 마음으로 살포시 눈을 감고 진지해지려다 보면 '웃기다'는 생각이 들기도 하지만 곧, 마음을 바로잡고 싶은 자신을 발견한다.

"나는 괜찮다! 나는 너와 다르지 않다. 나는 행복하다!"라고 반복해서 외친다. 처음엔 감정을 잡기 어려워 집중할 수 없지만, 끈질기게 감각의 꼬리를 놓치지 않고 몰입하려 노력한다. 생각해 보면 행복감이란 이런저런 감정이 없을 때가 그 순간일 테니까. 그래서 괜한 행동이라 느껴지더라도 다시 시도해 보면 무엇인가 달리 보이기 시작한다. 그다음은 조금 더 집중하게 되고 서서히 어떤 감정이 만들어지는 것을 느낄 수도 있게 된다.

물론 감정이 더 무르익으려면 위의 문장을 반복해서 이미지로 연상해 보는 게 중요하다. '사람 사는 거 다 거기서 거기'라고 하던데, 힘든 이유는 사람마다 다른 것 같아도 힘든 걸 극복하는 패턴은 비슷하듯이. 힘들 때 우선 자기 위로를 해줄 수 있다면 좋다고 생각한다. 그러나 세상에는 그럴 시간마저 없이 바쁜 사람들이 많다는 사실을 모르는 바 아니다. 난 무슨 일이든 진지해 좀 많이 힘들어하는 성격이다. 그래서인가, 그런 때일수록 일로 풀어가려는 사람을 이해하기 어려워하면서도 부러워한 적이 훨씬 많았다.

아무리 생각해도 행복은 스스로 만들어 가는 게 정답인 것 같다. 우리는 어떤 방식으로든 각자 살아내는 철학들을 가지고 있다. 하지만 그 행복에 철학까지 있어야 하는 건 아니니까.

"남들은 어떨지 모르겠지만, 난 그 방법을 써보니까 좋았어. 좋더라고요."라는 말을 할 수 있다면 다행이다. 그래서 어느 날 세상을 향해서가 아니라 나 자신에게 질문해 본 적이 있었다.

"미래의 행복이란 게 있을까?"

"없지, 당연히!" 자문자답을 한 뒤 한 가지 TIP이 떠올라 기록했다.

"나는 가장 커다란 마음이다. 나는 행복하다!"라는 문장을 열두 번만 천천히 읊조린다면 그 느낌에 도달할 수 있는데, 거기엔 조건이 있다고 말했다.

"느낌까지 실행만 할 수 있으면! 아니면 이전처럼 있든지!"

이건 나에게 하는 혼잣말이다. 나 혼자에게만 해당이 될 이런 하나 마나 한 이야기를 하는 이유는 '이기심(利己心)이 이타심(利他心)'이라는 생각에서다. 나의 마음은 이기심, 너의 마음은 이타심. 인간들의 위대한 사랑은 어디에서 나오는 걸까, 생각해 본 일 있는가? 지겨움을 견디지 못하면 이기적이고 마는, 자기가 되기 위한 충분한 실전이 필요하다. 그리고 우리가 경외하는 크고 위대해 보이는 사랑은 우리와는 별개인 세상 어디에 준비된 채 있는 고품격 에너지가 아님을 기억하자.

누구에게든 자기만은 그렇지 않다고 인정하고 말할 수 있는, 참다운 이기심이야말로 타인의 삶이 존중되도록 해주는 게 가능하다. 자기를 인정하지 않아 생긴 상처를 용서하고 치유하는 일도 가능해진다. 서로 바라보며 함께 아파하고 눈물을 흘리거나 미워하는 순수한 마음이 있다. 그 이기심이야말로 우리를 포용할 수 있는, 참으로 크고 순수한 마음이라고 나는 확신한다. 이 마음에서 사랑과 평화, 이해와 용서가 만들어진다. 그러나 그 마음은 미움과 증오 역시 만들 수 있다.

거대한 이기심에는 결코 자기의 이익이 담기지 않는다고 믿는다. 이 이기심이야말로 자기 안에 있는 존재가 곧 타인임을 깨닫게 해주는 유일한 마음이라 생각하기에 그렇다. 그렇기에 나는 누구보다 이기적이라고, 그리고 나만은 분명히 그렇지 않다고 조심스럽게 인정하는 사람, 자기 본성에 거스르지 않는 마음으로 추종하고 싶다.

# 세상이 아름다운 게 아니라,
# 말이 아름다워

    얼마 전 시청했던 TV 다큐 드라마에 대한 기억이다. 환자인 아들이 심장 수술을 받기 위해 병원에 입원해 있었다. 수술을 기다리는 동안 불안과 두려움을 숨기지 못하고 있는 아들을 안심시키려 애쓰는 가족들 모습이 나왔다. 가족의 누군가가 그런 상황에 놓였다면 대부분 그럴 것이다. 그리고 환자의 처지에 놓이게 된다면, 의연함보다는 먼저 본능적으로 두려워할 게 자명한 일이다. 그게 우리들의 본모습임을 부정할 수는 없다.

    환자의 어머니는 수술 전 초조해하는 아들의 모습에 눈을 떼지 않고 내내 살폈다. 그때 아침 회진을 다니던 담당 의사가 병실로 들어섰다. 수술을 앞둔 아들이 우려하고 있는 불안한 마음을 풀어주려는 듯 어머니는 의사에게 조심스레 질문을 건넸다.

"수술 간단한 거죠? 그렇죠? 한 시간이면 끝나겠죠? 간단한 수술이라 걱정할 건 하나도 없는 거잖아요?" 그리고 아들을 향해 흘낏 시선을 돌렸다. 하지만 안심시키려는 질문의 의도와는 다르게 의사의 대답은 의외로 딱딱했다.

"한 시간이 될지, 두 시간이 될지 그건 알 수 없죠. 수술실 들어가 열어 봐야만 알 수 있죠! 지금으로서는 의사인 나도 모르는 일이고."라며 의사인 나도 모르는데, 뭘 모르면 좀 가만히 있으라는 듯 다분히 힐난 섞인 어투였다. 그리고 수술 후 발생할 수 있는 후유증까지 친절하게 덧붙이고는 찬바람을 일으키며 병실을 나가버렸다.

환자든 가족이든 그 같은 상황에 놓이게 될 때는 의사의 말 한마디가 커다란 영향을 줄 수 있다. 걱정이 열 배 더해지기도 하고, 반대로 수치로 환산할 수 없는 안정과 희망을 가져다줄 수도 있다는 것을 우린 잘 안다. 환자의 어머니는 수술이라는 시험대 앞에서 두려워하는 아들에게 위로가 되어 줄 대답을 기대하고 건넸던 말이었을 것이다. 하지만 위안이 되는 답변은커녕, 의사는 오히려 가족들에게 불안의 불씨를 더 지펴 놓고 간 모양새가 되고 만 것이다. "진심이 담긴 위로는 앞으로 벌어질 일에 대한 염려를 걱정하지 않는다. 위로가 출발하는 곳은 지금 아파하는 가슴이 견디며 극복할 수 있게 만들어주는 희망이다." 책에서 읽은 문구가 문득 떠올랐다.

몇 년 전 '마음이 외치고 싶어 해'라는 일본 영화를 본 적이 있었다. 마지막 장면에서는 두 음악을 절묘하게 교차시켜 두 주인공이 노래 부르는 장면이 나온다. 음악 영화라는 착각이 들 만큼 인상적이었는데, 감동까지 안겨줬던 기억이 있다. 주인공 '나르세 준'은 어린 시절 요정에 의해 말을 봉인 당하고 그 트라우마로 말하려 할 때마다 내뱉지 못하는 고통을 겪는다. 자기 진심을 말로 표현하지 못하기에 같은 반 친구들과 뮤지컬 준비를 하면서도 여러 우여곡절을 겪는다. 하지만 결국 친구들의 애정과 자신의 진심을 노래에 담아 전하고 다시 말하는 법을 찾게 된다는 내용이다.

영화의 전체 내용은 그렇지만 그보다 간과해서는 안 될 중요한 메시지가 노랫말에 담겨 나오는데, 영화는 "너의 말이 결국 세상을 아름답게 만드는 거야!"라며 작지 않은 울림과 깨달음을 선사하고 있다는 점이다. 자신이 사용하는 말이 세상을 불행하게도, 또 아름다운 세상으로도 만들 수 있다는 메시지는 강력하다. 우리가 사용하는 말은 그저 단순하게 대화로만 소모되는 게 아니라, 진심을 담아 사랑의 언어로 전해질 때 세상 역시 아름다워지도록 만든다. 그만큼 말이 갖는 의미와 가치를 새롭게 생각하게 만들어 준 따뜻한 영화로 기억한다.

　개인의 일상이 됐든 또는 영화로 아름다움을 얘기하든, 이 세상은 그저 사실로만 채워져 있는 곳이다. 그렇기에 세상이 아름다울 수만은 없고, 또 그런 일은 불가능하다고 말하는 게 오히려 맞는 세상일 것이다. 쉽사리 허물어지기를 반복하고 있는 우리들 삶에서 희망만을 말하는 일도 어려운 것임을 잘 알고 있다. 그렇더라도 이 세상이 아름다워지고 살 만한 곳이 되는 이유는, 마지막 짧은 문장 하나에 다 담겨 있다는 믿음에서였다.

　그래서 세상이 정직하게 그대로의 모습만을 보여주고 있다는 걸 알게 된다면, 우리의 삶은 더 나아지고 또한 위로까지 받는다는 사실도 깨닫게 되리라. 우리가 위대한 성인은 될 수 없겠지만, 성숙한 성인의 마음으로 말을 가려서 할 수는 있을 것 같다.

　"세상이 꼭 아름다워서가 아니라, 아름다운 말 때문에 예쁜 세상을 만들 수 있어."

# 개미 생존기

2018년 5월, 주말 캠핑을 하면서 뜯어 놓은 민들레를 집으로 가져온 일이 있었다. 비닐 지퍼백에 담아 냉장 칸에 두고 잊었다가 며칠 지나 음식에 곁들일 생각으로 열었더니, 개미 한 마리가 딸려 나왔다. 차가운 냉장고 지퍼백 안에 있던 개미는 꼼짝도 하지 못하고 웅크린 채로 굳어 있었다. 잊고 더 두었더라면 분명 죽었으리라.

미동도 없이 몸 구석구석 흩어진 몇 가닥 기력, 바늘 끝처럼 작을지언정 순백의 하얀 정신을 끌어모으려는 듯 한동안 꼼짝하지 않았다. 나는 두루마리 종이로 물기를 닦아 내고 입김을 불어 주었다. 어린 시절 겨울 언 손을 녹이듯 입김으로 호호 불어 따뜻해지길 바라는 깊은 호흡으로. 여러 차례 불어 주었더니 조금씩 정신을 차리기 시작했다. 생각이 열려서일까. 약 10분가량 지나자 조금씩 움직이고 주위를 탐색하더니 상태가 호전됐다.

생각해 보니 산에서 딸려 온 상황이라 쉽게 집 주변에 놓아주는 일은 개미에게 안전할 것 같지 않았다. 그렇다고 다시 그 먼 캠핑장(camping)까지 가서 놓아 줄 수도 없는 노릇이었다. 개미에게는 수억 광년만큼 먼 거리를 이동해 왔지만, 혹시라도 같은 개미들에게 되돌려 보낸다면 살 수도 있겠다 싶었다. 곧바로 등산 채비를 했다. 그래도 개미는 개미니까 저들끼리는 적응해 잘 살 거란 막연한 생각을 하면서.

한편 반신반의한 것도 사실이었다. 개미라 하더라도 종류의 다름과 현격한 지역 차이를 극복할 수 있을지 의문이 들었기 때문이다. 그래도 혹시나 하는 마음에 내 딴에는 지참금을 좀 챙겨서 보내주기로 했다. 냉장고에 남아 있던 상추 반쪽을 잘게 썰어 넣고 볶은 잔멸치 세 마리도 지퍼백에 담았다. 따돌림도 당하지 않고 적응해 살아가길 바라며 산으로 향했다. 그곳 개미들과 나눠 먹고 섞여 잘 살길 바라는 마음에. 한편 자기 때문에 등산까지 해가며 사는 사람으로는 기억되지 말자며 집을 나섰다.

산보다는 오히려 산 아래에 개미들이 많았다. 그렇지만 산

속에 놓아주기로 정했다. 등산로 주변을 천천히 살피면서 올랐으나 생각만큼 개미가 보이지 않았다. 좀 더 위쪽으로 올라가 봤더니 활동하고 있는 개미 개체들이 나타났다. 나는 서둘러 비닐을 열어 내용물을 쏟고 뒤돌아섰다. 가려다 문득 개미들을 봤더니 그곳 개미들이 좀 다르다는 점을 발견했다. 붉은 빛이 돌고 몸체가 커 보였다. 무엇보다 움직임이 기민하고 왠지 전투적인 느낌이 강하게 드는 게 순간, 불개미가 연상됐다. 곧바로 개미의 죽음이 떠올랐다. 사람도 잘못 걸리면 무사하기 힘들다는 그런 개미라면! 깜짝 놀란 나는 이미 생명의 위험을 감지했는지 허둥지둥 숨으려는 개미를 조심스럽게 잡아 다시 비닐에 넣었다. 아마도 그냥 지나쳤다면 개미의 운명은 불보듯 그것으로 끝나고 말았으리라. 내려오면서 자세히 다시 들여다보길 잘했다는 생각이 몇 번이나 들었다.

산으로 계속해서 올라갈 것이 아니라 내려가면서 다시 적합한 장소를 찾아보기로 했다. 전에 살던 비슷한 지대와 무엇보다 같은 종의 개미 개체를 만나야 살아남을 수 있을 것 같았다. 물론 며칠 냉장고에 있었던 탓에 말라보이긴 했지만, 비슷한 크기의 개미 개체를 찾는 게 급선무였다. 내려가다 무덤 주변에서 활동하는 비슷한 개미 무리를 발견했다. 나는 재빠르게 개미가 지나다니는 곳에 녀석과 내용물을 떨어뜨렸다. 그 순간 참 놀랍고 신기한 일이 벌어졌다. 개미들이 달려들어 상추 조각과 멸치를 물고 정신없이 옮기는 게 아닌가! 우려가 컸던 지참금도 효과를 발휘하는 순간이었다. 녀석도 상추 한 조각을 덥석 물고는 개미들 무리에 섞여 어디론가 따라갔다.

망설임과 우려 속에 놓아준 개미는 순식간에 사라졌다. 참 신기한 것은 개미 무리 속에 던져 놓은 녀석이 순식간에 자동화된 기계의 톱니바퀴처럼 하나로 동화됐다는 점이다. 믿기 어려웠지만 직접 눈으로 본 사실이었다. 녀석은 애초 그곳에 살고 있었다는 듯 하나임을 여실히 증명해 보였다. 그토록 먼 거리를 이동해 왔음에도 개미는 순식간에 자연의 체계와 맞물려 그들의 일원이 된 것이다. 그날 녀석의 움직임은 놀라움, 그 자체였다. 자연 속에 퐁당 빠지며 개미는 하나의 체계로 들어간 것이다.

어느 날, 우연히 집으로 딸려 온 개미 한 마리를 산으로 돌려보내는 일이었지만, 나로서는 많은 것을 느낄 수 있는 시간으로 남는다. 비록 한 마리의 개미를 되돌려 보낸 일에 불과하지만, 그렇더라도 작지 않은 소득이 있었다면, 사람들도 역시 그 하나의 섭리 안에 살고 있는 것이라는 깨달음 아닐까!

# 꽃에는 바람, 벌과 나비

2018년 겨울은 추위를 견디면서 산을 다녔다. 산 능선의 나무들은 바짝 마른 가지로 지나가는 바람을 붙잡으며 하늘가에 뭔가를 긁적였다. 앙상한 나뭇가지 가녀린 손짓으로 봄에 전언을 보내고 있는 것이리라 생각했다. 우리가 기다리는 봄은 나무뿐만 아니라 나에게도 같은 것을 드리우게 될 것이다. 겨울이 떠나고 있는 산을 오르며 그런 나무들을 바라볼 때면, 눈이기보다는 먼저 따뜻한 봄 햇살이 들어 연초록 잎들이 돋고 꽃들이 만발해지길 바랐다.

겨울 등산로는 여름의 풍성한 녹음만큼이나 비좁은 길을 걷게 해준다. '좋은 글귀나 모으는 사람은 되지 말자!' 그런 다짐을 하다가도, 불현듯 뭔가 짧은 단상들이 떠오르면 붙잡으려 수시로 메모하던 모습이 떠오른다. 스쳐 가는 순간의 생각이기에 항상 메모해 두지 않으면 사라져 버리고 만다. 다들 아는 사실이겠지만 생각이 불꽃같고 바람 같아서 항상 안타깝다.

엄동설한의 겨울도 물러나고 제법 따뜻한 기운이 돌던 4월 어느 날, 동물원에 간 일이 있었다. 따뜻한 봄기운 때문인지 구경나온 관람객들이 많았다. 초등학교 때를 빼고 한 번도 구경해 본 적이 없던 동물원을 관람하는 일은, 나를 한참 나이 어린 사람이 되게 해주는 것만 같았다. 아쉽게도 맹수들은 볼 수 없었다. 초식 동물들 위주로 있었으므로 마치 내가 맹수나 된 것처럼 어슬렁거리며 동물들을 관람했다. 사자와 호랑이 같은 맹수가 없어서였는지, 예전에 우연히 해외 동물원에서 벌어졌던 끔찍한 사고 영상들이 떠올랐다.

지금은 따뜻하고 평화로우나 영상 속의 상황들은 절대 그렇지 않았다. 끔찍하게 벌어진 일들만 모아 놓았으므로, 외국 사례이긴 해도 맹수의 무서움을 체감하기에는 충분한 영상이었다. 사자나 호랑이에게 물린 채 끌려가거나, 곰이나 고릴라에게 봉변당하는 사례들이 많았다. 지금도 오싹한 영상이라면, 정신 줄을 놓은 남자가 사자와 정면으로 마주하는 장면이었다. 술에 취했는지 약에 취했는지 웃옷을 벗어 흔들며 사자와 한 판 붙을 기세였다. 그리고 마치 사자를 질책하거나 훈계하는 듯한 영상은 일순간 뭔 일이 벌어져도 당장 벌어질 것만 같아 조마조마했다.

그동안 내가 생각한 것과 달리 사자와 호랑이는 대단히 크고 위험한 동물이 틀림없었다. '호랑이에게 물려가도 정신만 차리면 살 수 있다!'라는 속담은 사실이 되기 어려운 바람이라 말해야 할 것 같았다. 제정신이 아닌 사람들도 참 다양하구나 싶었는데, 불현듯 동물원에서 정신없는 내가 맹수와 마주하고 있는 상상을 하기 시작했다. 철창살도 없이 바로 눈앞에 수사자가 서 있는 상상이었다. 나는 점점 영상의 그 남자가 돼 가고 있었다. "이제 어떻게 되는 건가? 어쩌지, 뭐가 어떻게 돌아간 거야!"

철창 밖에서 안전하게 관람하기와 실제 수사자와 마주하기는 완전히 다른 문제다. 생각조차 하기 싫지만 그런 끔찍한 일이 실제로 벌어진다면, 사자에게 나는 진심, 분명, 곤란한 일을 당할 확률이 매우 높은 것이다. 내 마음과 몸은 사자로 말미암아 막 어질러질 테고, 동물원을 찾았던 사람들에게는 어떤 혼란이 가중될 게 분명했다. 그런 후에 에너지 보존의 법칙이라도 증명하듯, 나는 사자의 어느 한 곳에 보존될 것이다. 그런 생각이 들자, 고통도 모른 채 사자와 대척하거나 훈계하려는 남자의 정신을 나무랄 게 아니라, 나 역시 고통을 등한시하는 사람이고, 사자에게도 뭔가 내세울 것 없는 인생은 아니었나 싶은 자괴감이 올라왔다. 내놓을 만한 고통의 순간이 없다는 것은, 무엇도 끝까지 마쳐본 경험이 없다는 의미와 다를 바 없어 보이기 때문이다.

나는 고통과 함께일 때 비로소 저쪽으로 옮겨갈 수 있는 존재다. 그러나 옮긴다고 해서 반드시 고통을 가져가는 것은 아니다. 건너간 끝에서 고통을 지켜볼 수 있는 사람에게만 알맹이가 남을 뿐이다. 몇 년 전, 삼천 배를 체험하면서 고통의 세계에 들어가 볼 수 있었다. 같은 동작을 아홉 시간 이상 반복하면서 그 세계에 들어갔다. 단순한 동작을 반복하는 일이라 처음에는 가볍게 시작했지만, 횟수가 더해질수록 몸은 흐트러졌다. 그러다 같은 동작이 거듭되자 머릿속을 떠돌던 생각들이 하나도 남김없이 사라졌다. 그리고 어느 순간 깊은 내면에 억눌려 있었던 감정들이 터져 나왔고 나는 목 놓아 울었다.

고통이 없다면 성취의 기쁨도 찾아오지 않는 법이다. 그래서 힘듦과 괴로움의 한계를 체험하고 이해한 사람은 성취라는 걸 아는 사람임이 분명하다. 고통의 세계에 발을 디딘 자만이 성취와 실패를 하더라도 그 속에서 감미로운 향기를 들이마실 줄 안다. 그리고 고통을 극복하는 순간 언어는 존재하지 않는다. 언어로 이루어진 나는 존재할 수 없다. 고통이 지나간 후에야 엔트로피를 평형상태로 되돌려 놓는다. 현재는 고통의 다른 말이고 가장 지금일 때 최고의 공포를 체험하며 고통을 통해 최상으로 정화된다.

겨울의 추위라는 고통을 인내하고 녹색의 잎사귀와 꽃이라는 절정을 물오른 가지에 매단다. 나 또한 고통을 인내해야 결실을 얻는 자연적 존재이기도 하다. 다만 지금은 한계의 상황이자 고통을 통해 어떤 결실을 얻은 후의 평온함을 갈망하는 상태에 머문다. 그렇기에 많은 날 고통을 외면하고 평온의 상태만을 느끼며 미룬 채 살아왔다고 말해도 틀렸다 말하기는 어렵다.

매서운 겨울 추위를 견뎌 낸 지금, 신록의 잎들과 봄꽃이 보는 곳마다 가득하다. 아름다운 꽃이 있으면 가까이 다가서 들여다보려는 게 인지상정이다. 하지만 내가 꽃을 품는다면 그 바람에 벌과 나비는 두려워 꽃에 다가갈 수 없다. 꽃은 조금 떨어진 자리에서 바라보자. 그럴 때 많은 꽃이 눈에 들어오며 더욱 선명하고 아름답게 보인다. 겨울을 다르게 이겨 낸 꽃과 나비와 벌이 가득할 때 더욱 아름다울 것이기 때문이다.

아름답게 핀 꽃에는 벌과 나비가 가장 자연스러운 모습이듯, 아름다운 나에게는 무엇이 가장 제격일까? 지금 하나의 완전한 고통을 이겨 낸 나, 그래서 모든 아름다움에는 고통도 함께 있음을 배우는 나, 그러므로 꽃과 나비와 벌을 위해 아무렇지 않게, 멀찍이 물러나고도 그런 자기의 고통을 위로할 수 있는 나로 존재해야 하는 게 아닐까.

# 영혼에 스며들도록 한참을

몇 년 전 제주도를 여행하던 때의 일이다. 매일의 여행 일정을 계획해 다녔는데 착시와 관련된 테마파크를 구경하던 때였다. 바라보는 위치에 따라 달리 보인다거나, 주위 정보를 혼동하도록 만들어 인식하지 못했던 새로운 모습을 보게 돼 볼수록 신기했다. 여기저기 천천히 구경하면서 다녔는데 한 곳, 딱 한 곳에서만은 쉽게 발걸음을 옮기지 못했다. 다트 원반에 여러 문양과 색이 반복적으로 배열돼 있었는데, 바라보는 순간 곧바로 착시가 생기는 게 하도 신기해 눈을 돌리거나 감았다 뜨기를 반복하면서 바라봤다.

지금도 왜, 어째서, 어찌 된 영문인지 모르겠다. 눈을 들어 쳐다보기 시작하자마자 서서히 형태가 왜곡되면서 눈이 팽

돌았다. 탄성과 함께 웃음도 저절로 나왔다. 엉뚱하게도 이걸 핸드폰에 찍어서 보면 어떨지 싶어 렌즈를 얼굴에 가져다 댔다. 착시를 사진으로 담아낼 수 있으리라는 단순한 생각에서다. 하지만 그건 잘못된 생각이었다. 카메라 렌즈를 통해 볼 때는 착시가 일어나지 않았다. 내가 느끼는 착시를 카메라로 찍을 수 없다는 걸 그때 알게 됐다. 말 그대로 직접 보는 순간에만 유효한 게 착시라는 현상이다.

　여행지를 다녀 보면 사람들은 아름다운 풍경이나 압도적인 광경과 행복한 시간을 간직하려는 욕구로 쉴 새 없이 카메라 셔터를 누른다. 인생 사진이자 기록이며 삶의 증거로서 영원성을 밀봉하는 가장 효과적인 작업이기 때문이다. 나 역시도 여행을 다니면 비슷한 생각으로 셔터를 눌러댄다. 렌즈의 광도 투과율을 맞추고 구도를 잡아 피사체를 향해서 셔터를 누른다. 누가 보더라도 그곳에 있는 듯한 착각을 불러올 사진을 뽑아내느냐에 혈안이던 때가 있었다. 그처럼 섬세하게 따지던 시절도 있었지만, 점차 그런 생각은 사그라지고 사실 그대로의 모습을 담는 사진의 세계로 넘어갔다.

　작은 렌즈를 통해 아름다운 풍경을 담는 일은 작은 기억으로 만드는 일인지도 모르겠다. 그런 기억은 눈동자같이 작은 렌즈에 축소될 뿐, 내 기억에 생생하게 그림처럼 남아 있지 못함을 알게 된다. 카메라 렌즈를 눈에 가져다 대는 순간 놓치고 만다는 사실. 그러나 분명한 것은 사진만큼 기억을 붙잡는 수단도 없다는 건 인정해야 한다. 그리고 그건 순간이더라도 분명하게 개인의 역사로 남는다. 하지만 내게 행복한 순간과 감흥은 어김없이 사진을 찍는 사이 빼앗겨 삶에서 착시처럼 찍을 수 없게 만든다는 점도 분명하다.

그래서 내가 진짜 남기고 싶은 아름다운 모습이 있다면 그 순간을 담으려 작은 렌즈를 눈에 가져다 대지 말자. 행복하고 멋진 순간을 사진으로 남기겠다는 욕심의 렌즈를 내려놓고, 그 순간을 자연스럽게 그대 깊은 눈을 통해 마음에 각인시키자. 잊힌다 해도 상관없다. 영롱한 그대 눈에 깊이 담아 영혼에 스며들도록 한참을 할애해 주자. 찰나의 셔터가 아닌, 마음의 눈동자를 통해 담는다면 행복감은 오래도록 남을 게 분명하다. 사진첩을 들여다볼 때만 기억나는 일이 아닌, 그대를 떠올릴 때마다 살아 숨 쉬는, 자기라는 행복한 여행자를 만나자.

# 두 번 찾게 되는 여행

퇴직 후, 캄보디아 여행을 준비하던 때였다. 12월 세밑의 우리나라는 추위에 얼어붙어 있었지만, 캄보디아는 따뜻한 여름 건기에 해당한다고 했다. 한겨울을 벗어나 초여름의 계절로 들어서자 은연중에 두 가지의 감각이 내면과 외면에 감돌았다. 한 해 두 번의 여름을 처음 경험하는 느낌은 새롭고 남다른 면이 있었다. 한 번에 하나밖에 얻을 수 없는 것인데, 그걸 두 개로 나눠 받는 경험과 비슷했다.

나는 이해하기 어려운 이중성의 감각을 느끼기 시작했다. "와, 어떻게 이런 감각을 느낄 수 있는 거지?" 자연스럽게 감탄사가 터져 나왔다. "그러게. 와, 어쩌면 이럴 수 있지? 호호호" 웃음 많은 아내도 신기한 기분을 느꼈는지 탄성을 터트렸다.

시차는 2시간에 불과했으나 전혀 다른 세상, 고국의 꽁꽁 언 겨울이 금제에서 풀려 지나간 여름을 이곳에다 다시 풀어 놓은 것만 같은 기분을 불러왔다.

'앙코르 와트', 12세기 초에 건립된 크메르족의 유적이었다. 앙코르 왕조 전성기였던 수리야바르만 2세가 브라만교 주신의 하나인 '비슈누'와 합일하기 위해서 건립한 브라만교 사원이다. 앙코르 톰의 유적지에 도착한 우리는 약 400년 동안 인간의 손때가 묻은 찬란한 문화유적이 뿜어내는 엄숙한 위용에 눈을 돌릴 때마다 놀랐다. 우리와 일행이던 여행자들 역시 발걸음을 뗄 때마다 놀라는 모습은 마찬가지였다.

더군다나 4세기 동안 인간의 손길이 단절된 채, 고스란히 보존된 모습은 신을 향한 인간과 자연이 교감한 엄숙함에 신성함까지 더해 경이로운 자태를 보이고 있었다. 인간 정신과 순수한 자연의 융화는 마치, 자연이 인간의 정신을 숙성시켜 빚어낸 조화로움, 그 자체로 느껴졌다. 처음 앙코르 와트를 방문했지만, 인간의 공백기 때문이었는지 한 번을 보면서도 두 번째 와서 보고 있다는 느낌에 사로잡혔다. 그건 한 해 두 번의 여름을 경험하는 일과 비슷한 느낌이다.

고립무원의 앙코르 와트가 그런 곳이었다. 고립된 자연의 제단에 놓여 신을 닮고 구원을 기다리던 크메르인의 영혼이 남아 있기 때문이라서다. 자연 안에 있는 인간을 동시에 느끼는 여행이면 더없는 여행일 것이다. 단순한 바람으로 여행하는 한 진짜 원하는 걸 발견하기가 힘들다. 처음 기분에 머무는 것으로 끝날 수도 있는 일이라, 금방 익숙하거나 결국 망각으로 끝나 버린다. 내게 여행이란 수많은 사람의 검증을 거친 곳이거나, 자기의 삶에 새로운 것을 부여해 줄 수 있는 걸 발견하는 여행이다.

2018년, 앙코르 와트의 여행은 그래서 내가 한 여행 중 단연 최고의 여행이 될 수 있었다. 몇 년간의 고민 끝에 회사를 나와 하게 된 여행이었기에 더했는지 모르겠다. 우리는 두 번 다시 찾고 싶지 않은 관광지를 한번은 여행하게 된다. 왜? 한 번씩은 이미 경험하고 있기 때문이다. 그러나 우리에게 또 다른 기회가 생긴다면 한 번도 가 본 적 없는 명품 도시, 새로운 나라를 선택해서 떠난다. 이미 한 번 경험했던 장소는 새롭지 않거나 더 이상 신비롭지 않아서다. 다 알아봤다는 식으로 생각하기 때문이다. 이처럼 감각적인 우리는 한 번에 하나로써 끝을 맺고 싶은 절약의 본성을 가지고 있다.

수십 년의 직장생활을 정리하면서 나는 흔히 얘기하는 제2의 인생을 찾겠다고 생각했다. 말하자면 그것을 목표로 새로운 출발이 가능하리라 생각했다. 이미 인생의 절반 이상을 살아온 중년이었기에 여러 면에서 무모한 일이기는 했다. 그렇다고 한 번의 인생을 칼로 잘라 두 개로 만들겠다는 의미의 결정일 수는 없었다. 새롭다는 제2의 인생, 그건 하나의 인생과 다르지 않다는 걸 앙코르 와트 여행을 통해서 깨달았다. 그러니 아직 다 가 본 인생이 아니기에, 두 번째, 세 번째 이름을 붙여도 이상할 게 하나도 없다고 생각할 수 있었다.

하루의 시간은 여행처럼 진실이 되고, 일상은 자연의 구름처럼 형체를 흩어지게 만든다. 알고 있겠지만 가능한 시간은 미완으로 흩어지고, 우린 하루의 끝자락에서 아쉬움을 반복한다. 이처럼 특별할 것도 기억할 것도 없이 사라지는 시간이 일상이다. 그래서 자칫 하루라는 근시안의 눈으로 순항하길 바랄 때도 있으나 전체 조감은 잘 나타나지 않는다. 분명한 건 하루를 잘 살면 일상까지도 의미 있게 남길 수 있다는 생각이다. 그러므로 기억에 남을 만한 일을 만들 수 있는가의 문제는 중요해진다.

'오늘 무엇을 위해 보냈는가?'가 '매일 이어지지 않는다면 무슨 의미가 있을까'와 결부된다. 그리고 무엇을 하면서 살고 있나 묻지 않을 수 없게 만든다.

앙코르 와트의 여행이 즐겁게 이어질 때 들었던 건, 감각이 아니라 감정을 만드는 여행이어야 한다는 생각이었다. 신에게 바치기 위해 만든 앙코르 와트, 인간 정신이 고스란히 봉인됐던 성전은 내게 이렇게 속삭이는 듯했다. "신과 하나이길 염원했던 우리의 정신처럼, 감각으로 끝나지 않고 감정이 되길 바라는 그대의 여행처럼, 이전 시간과 애써 분리할 필요가 없다는 걸 깨닫는 시간이 되세요." 우리는 같은 곳으로 두 번 떠날 수는 있다. 그러나 두 번째 새롭게 감각을 느끼는 여행은 가질 수 없다. 하지만 새로우면서도 같은 감정을 느낄 수 있는 여행은 언제나 가능하다.

앙코르 와트 여행으로 두 번의 여름을 경험하면서 처음 감각적인 기쁨에서 서서히 감정을 쌓는 시간을 보낼 수 있었다. 하루를 통과해서 일상으로 들어가는 길이 아니라, 일상을 통과하면서 하루를 발견하는 경험 같았다. 새롭게 가려는 길에서 만난 앙코르 와트는 계속 나아가고 있는 나를 만나야 한다는 생각이 들도록 해주었다. 누구나 제2, 제3의 이름을 부르면서 떠나는 여행도 좋은 기회라 여기면 좋을 것이다. 그래서 어쩌다 같은 곳을 두 번째 찾게 되는 여행이라면 아마도 처음 걷고 있었던 자신을 일깨워 주는 성전일 가능성이 크다. 다시 찾아도 좋은 감정여행을 권한다.

# 손끝과 발끝에 맞닿은

일주일마다 한순간 국민을 열광에 빠뜨리는 게임이 있다. 인생 역전 로또 얘기다. 매주 거액의 당첨금이 자신의 차지가 될 거라고 장담하는 사람은 한 사람도 없으리라. 내 사건으로 막상 벌어지는 순간이 아니고서는 막연한 기대감만으로 미래를 내 것 인양 공감할 수 없기 때문이다. 하지만 어김없이 매주 당첨자가 나오고 거액의 당첨금으로 주름진 생활이 활짝 펴지는 일들이 벌어진다. 이른바 그들은 벼락부자가 되는 것이다. 그리고 막상 돼 본 사람만이 안다. 벼락부자가 어떤 사람으로 바뀌게 된다는 것을. 나는 그 기분을 알 수 없다. 그래서 절실하게 공감하고 싶은 마음 중 하나이기도 하다.

어느 날, 생각지도 않던 죽음의 병이 내게 찾아왔다면 어떤 기분일까? 꿈도 꾸지 않던 일이라 두려움에 절망한 나머지 남은 삶마저 뿌리째 흔들리고 말 것이다. 예약한 열차를 타고 축제가 한창 벌어지고 있는 곳을 찾아 떠나는 여행처럼, 드디어 이 세상과 이별해야 한다는 두려움에 죽음은 이제 완전하게 자신의 몫이라 느끼게 될 것이다. 이처럼 당연한 사실을 불확실한 사실로 두었다가 극적으로 맞이하는 곳이 또한 이 세상이다. 남들은 듣고 보고 만지고도 알 수 없는 그런 세상.

아직은 내 주위에서 복권에 당첨돼 팔자를 고쳤다는 사람은 없는 것 같다. 하지만 예기치 못한 아픔 때문에 고통을 겪은 사람들은 많았다. 그래서 조금만 생각해 보면 전혀 공감할 수 없는 말을 하고 있다는 걸 알게 될 것이다. 우리는 자기의 일이 아닌 일들은 현실로 받아들이지 못하면서, 일어났다 사라지는 세상에 대해서는 누구보다 잘 아는 듯 말한다. 이 얘기는 우리가 순전히 고립된 존재이고 지나고 나면 누구의 관심과 공감 안에 있기 어렵다는 걸 말해 준다.

몇 년 전, 전 조카가 국방의 의무를 앞두고 있을 시기였다. 만날 기회가 생겨 오래전 군대 생활에 대해 이런저런 얘기를 나눴다.

"나 때는 그랬어. 그때보다 지금 군대는 몰라보게 좋아진 거야. 그래도 어쨌거나 자신이 할 따름이다."

"군대 안 갔으면 정말 좋겠어요." 조카가 속마음을 내비쳤다. 다가오는 입대 일자가 마치 위성 로켓을 우주로 쏘아 올릴 때 카운트다운을 세고 있는 비행사 같다는 생각이 들었다. 꿈 많은 이십 대 청년에게 군 복무는 남다른 의미이자 무한 분열하는 시간일 수밖에 없을 것이다. 나 역시 비슷한 시간을 통과해 왔기에 그 마음을 이해한다고 말해 준 것 같다.

"손꼽아 기다리지 말고, 잊고 지내. 결국 솔선수범이 정답이다." 그리고 뭐라고 더 말한 것 같으나 요지는 그랬다. 그러나 역시 많은 말은 흠이 되고 만다.

입대 후 5주간 신병 교육 훈련을 마쳤다기에 부대에서 면회했다. 몇 주 전 입대 후 생활을 걱정하던 모습은 찾아볼 수 없었다. 절제된 동작, 이해심에서 나오는 온화한 태도와 그동안 동기들과 훈련받으며 함께 쌓은 친화력이 돋보였다. 군기가 든 날 선 눈빛, 그리고 사단장과도 스스럼없이 대화하는 모습은 늠름해진 청춘의 모습이었다. 그건 그동안 자신의 시간을 새로운 일에 썼다는 의미로 읽혔다. 그렇다고 해서 입대 전 나눈 몇 가지 경험담 때문에 그렇게 됐다고는 생각지 않는다. 그보다는 오히려 자신의 삶을 슬기로운 방식으로 대처하며 바꾼 모습이리라. 애틋함이 많았던 조카와 전보다 훨씬 더 친숙한 관계가 되는 계기가 됐다.

지금 주위에 보이거나 들리고 말할 수 있는 세계를 전부 자기의 삶으로 인식하는 것은 삼가야 한다. 보이지만 내 것이 아닌 것들로 펼쳐져 있는 세계, 의미가 감춰진 말들, 그리고 말 뿐인 세상을 구분하는 일은 중요해진다. 이건 자신과 밀착해서 행동할 수 있을 때 비로소 다른 존재의 영역들이 열리기 때문에 그렇다. 쉽사리 보이는 세계라고 해서 모두 자기의 삶이 되기란 불가능한 일이다. 그저 눈에 들어오는 것일 뿐 자신의 좁은 인식으로 경험을 받아들여서는 다른 세계가 열리지 않을 것이다.

그래서일까, 자기만 아는 틀로 세상을 보고 판단하기에 우리는 고립되고, 그 때문에 고독한 존재가 되는 건 아닌가 생각하곤 한다. 누군가 우리에게 공감을 보였다면 그것을 보여준 그들을 신뢰하듯, 순수하게 자기의 일로 받아들이면 어떨까. 그리고 공감 에너지를 다른 누군가에게도 진실하게 전할 때, 더 넓은 세상과 더 단단하게 연결되는 것이라 진실로 믿어주길 바라게 된다. 왜냐하면 우리는 그렇게 공감을 양식으로 삼고 자신의 발끝과 손끝이 직접 맞닿아야만 변화가 가능한 세계에 살고 있기 때문이다.

# 내 멋대로, 그래 네 멋대로

하루는 해야 하는 일도 미루고 빈둥거리다가 이런 생각을 했다.

"왜, 내 마음대로 되는 일은 하나도 없을까?"

가만히 생각을 밀어내고 그동안 내가 하고자 했던 일들이 무엇이었는지 지난 기억을 더듬어 봤다. 특별히 기억에 남을 만한 감동적인 성공 경험이 떠오르지 않았다.

"그랬었나?" 이런 생각이 뒤따랐다.

나는 그렇다지만 세상에는 자기 마음대로 하면서 사는 사람이 많은 것 또한 사실일 것이다. 그런데 그런 사람을 주변에서 경험하게 된다면, 그게, 멋있다! 보다는 왠지 인간적인 면모에 흠이 있는 것처럼 보여 나로서는 인정하고 싶지 않은 부류의 사람에 속한다.

마음대로 되는 일이 없다지만 잠시 문장을 살펴보니 '마음'을 떼고 '대로'에 방점을 찍으면 어떨까, 그런 생각이 들었다. '~로'는 부사격 조사로 체언을 돕고 그 목적으로 방향, 결과의 지시를 담고 있다. 단어만 놓고 보자면 지금부터 자신의 길이 되는 셈이다. 그래서 자기 마음대로, 라고 하면 방식 자체가 자기만을 위하기 때문에 타인의 눈에는 '멋짐'이 없어 보이거나 인정받지 못하는 게 아닌가 싶은 것이다. 그런 사람들이란, 자기 맘대로 다 될 것 같은데, 남 때문에 될 일도 안 된다고 원망하는 부류일 가능성이 높아 보인다. 그런데 미리 알아야할 점은 두 부류가 극과 극일지라도 어쨌든 내 마음대로 안 되게끔 만들어진 곳이 이 세상이란 곳이다.

내 마음대로 다 되면 어떤 세상이 실현될까? 무엇보다 마음대로 될 것처럼 보여도 할 수 있는 게 그리 많아질 것 같지 않다는 점이다. 마음껏 많이 할 수 있는 게 제한이 된 곳, 그래서 사람들은 어떻게든 자기 마음대로 부르짖으며 세상에 자기 하수인을 많이 만들려 하는지도 모르겠다. 마음대로의 회로가 작동하려면 이미 행동이 완료된 체험을 경험할 수 있어야 가능해진다. 만일 누군가를 증오한다면 그 대상은 제3의 힘에 의해서가 아니라, 증오하는 사람이 먼저 직접적인 힘으로 위해

(危害)를 가하고 끔찍한 결과를 느껴야 한다. 생각의 언어는 이렇다. 그렇기에 그건 타인의 문제해결이 아니라 자신의 현실로 둔갑하고 만다. 증오하는 마음의 실체 안에 역행의 모든 기능이 채워지는 것이다.

네 멋대로, 내 멋대로가 잘 이뤄지지 못하는 사회가 바로 내 마음대로의 세상이다. 크든 작든 성공률이 부족하기만 한 세상. 만족할 만한 성취에 대한 '얼의 입력방식'을 체득하기 어려운 세상. 그래서 실패한 얼의 입력방식인 '주관적 잣대'로 재단하고 끝을 보려는 세상이다. 그렇기에 근시안적이고 냉혈한이어서 고립되는 사람이 많아지는 세상이 된다. 언제나 타인과 함께한다는 기반 위에서 자신만의 실제적 체험을 통과해 체득한 품성이 쌓일 때, 비로소 은은한 멋으로 드러나는 것이리라. 그래서 멋이 있는 사회가 되기 위해서는 크든 작든 성공 경험들이 많이 생산되는 세상이라야 한다.

한참 오래전의 일이지만 나로서는 불쾌했던 기억이다. 시내에 있는 대형서점에 갈 일이 있어서 버스를 기다리고 있었다. 차고지 정류장 표지판이 있는 곳이고, 더군다나 혼자 서 있었는데 4, 5미터를 지나쳐 버스를 세운 채 앞문을 열었다. 승객들이 불편하지 않고 손쉽게 승차할 수 있도록 하는 일이 버스 기사의 기본적인 운행 책무일 텐데, 하는 수 없이 종종걸음으로 앞문까지 달려가 차에 올랐다. 교통카드를 꺼내며 투박하게 말을 던졌다.

"버스를 이렇게 세우시면 어떻게 합니까? 불편하게. 서 있었는데 안 보였습니까?"

불만을 꾹꾹 담아 표현했다. 그러자 대답 대신 강렬하게 흘기는 눈빛이 내 눈동자에 꽂혔다. 승차하고 있는 나를 향해 목을 빼고 삐딱한 시선으로 흘겨보는 동안 침묵이 흘렀다. 그렇게 몇 초가 지나고 나서야 "못 봤습니다."라는 대답을 내놨다. 그게 버스 기사의 마지막 말이기도 했다. 자리를 찾아 앉았건만 버스를 출발시킬 마음이 없는지, 실내 백미러를 통해 나를 째려보는 눈을 계속 의식해야만 했다. 보거나 말거나 기분이 좀 가라앉은 상태가 되자 '왜 이렇게 승객을 불편하게 만들까?'라는 의문이 저절로 들었다. 그 순간에도 기사는 말없이 강한 눈빛만 쏘아 보내고 있었다. '나를 보지 못했다고? 그럼, 버스는 왜 세운 거야!'

왜 버스를 그렇게 정차시켰는지 지금도 알긴 어렵지만 그때는 이렇게 생각했었던 것 같다. 우선 단순한 실수로 나를 늦게 봤고 급하게 정차할 수밖에 없었다는 점을 들 수 있다. 그렇다 해도 첫 정류장이었고 가깝고, 오래 기다리고 있었으며, 차고지라 출발대기 버스는 정류장을 볼 수 있는 곳이기도 했다.

그리고 무엇보다 횡단보도가 있어 서행해야만 하는 곳이었다. 그런 상황이라 나로서는 이해할 여지가 없었다. 단 한 사람의 승객에게 고분고분 차를 세워 주는 일을 용납하지 않고, 자기 마음대로 버스를 세웠다고밖에 생각할 수 없었다. 승객 앞에 버스를 정차하는 것이 노역이고 자존심이 상하는 일인지는 모르겠으나, 그건 아니길 바랐다. 시내버스 기사로서 해야 하는 일 자체가 대단한 멋짐이 아닐지는 몰라도, 그 일이란 그야말로 내 마음대로가 아닌, 내 멋에 속해야만 하는 일이라고 믿기 때문이다.

사람에게 멋이란, 있는 그대로 자연스러움을 드러내더라도 그 자체에서 풍겨 나오는 기품이라 생각한다. 물론 사람마다 유의미한 도전과 성취가 어떠했느냐에 따라 달라 보일 수 있는 멋도 있다. 그리고 성공의 유, 무를 떠나 역경을 수용함으로써 우러나는 기품 역시 같은 결일 거라는 믿음도 갖는다. 그래서 실패와 성공의 경중이란 크게 다를 게 없어 보인다. 큰 성공만이 아니라 작은 과정의 성취에서 배어나는 기품 역시 충분히 멋스러운 일이니까. 그렇기에 자기 마음대로가 아닌, 자기만의 멋대로 일 때 진짜 멋지게 살아가는 게 아니겠는가. 그런 일들이 많이 가능해질수록 '네 멋대로, 그리고 내 멋대로'가 가능한 세상이 되리라.

그날 버스가 광화문 정거장에 도착했을 때 다음과 같은 생각으로 나는 내릴 수 있었다.

'성취하고 싶다면 성취의 길을 걸어야 하고 실패하더라도 배움의 성취가 있어야 한다. 결심해야 한다면 결심의 길도 다 걸어 보아야 할 것이다. 용기가 필요하다면 용기라는 길을 끝까지 다 걸어가야 하듯이. 각각의 언어에 도달해 텅 빈 공허의 소리를 들을 수 있어야 그곳에 이르는 일이 될 것이다. 그러니 오늘 내가 걸었던 4, 5미터의 걸음은 내가 원하는 목적지에 가깝게 다가가는 길. 그렇다면 이보다 더한 거리도 기꺼이, 충분히 걸을 수 있는 길이라 생각하자!'라고.

# 반드시 그리고 반듯이

어쩌다 뉴스를 통해 다음과 같은 기사를 접하고는, 그러잖아도 어렵사리 살고 있는 집을 강탈당하는 기분에 사로잡힌 적이 있었다.

"엄청난 재력을 소유했거나 권력과 명성을 가진 사람이 그러지 못한 사람보다 자신의 삶을 보다 잘 통제할 수 있다고들 말합니다. 제가 그런 편에 속할 수 있을지는 모르겠지만, 전 그런 것들이 반드시 부러움의 대상도 '진정한 삶'의 의미도 아니라 말하고 싶습니다."

이 말은 평범한 인생을 사는 사람들에게는 이른바 경이로운 경지의 말이 아닐 수 없기에, 나에게도 전율스러운 의미로 다가오기에 충분했다. 이미 다 가진 존재가 진정한 삶이라는 새로운 차원의 경지마저 거머쥐게 됐다는 말로 들리기 때문이다.

자신만의 진정성에 방점을 찍어가며 한 걸음씩 제대로 된 삶을 살아가고 있다고 믿는 사람들이 있다. 물에 빠졌다가 구사일생으로 빠져나와 겨우 숨 돌리고 있는 사람들도 많다. 가진 거라고는 작은 집 한 칸뿐인데, 그마저 날치기당한 기분이 드는 건 왜일까? 그렇게 진정한 삶의 의미와 가치까지 살펴 가며 번듯이 살게 된다니, 그렇다면 이제 나에게 만족스러운 올바른 길이란 무엇인가, 싶은 게 난감해졌다.

그가 얘기한 것들은 모두 타인의 손을 빌려서 이뤄지는 것에 불과하다. 아무리 자기 손으로 일궜다고 주장해도 그것이 진정한 삶의 목적에 들어갈 수 없다. 우리는 욕망의 동물이기에 결국 자신 손으로 다시 일구기를 원하려 든다. 끝에 가서는 꼭 제 손에 묻혀야 할 몫이라고 욕망하기 때문이다. 그래서인지 이루려는 게 가치를 갖는다는 것은 결국 내 손으로 애써 얻었을 때, 더는 타인의 손을 거치지 않게 된 것을 의미한다. 그것은 누구도 손댈 수 없는, 자신만의 손을 기다리는 불가침의 영역이라 할 수 있다.

이처럼 우리에게는 직접 자기 손으로 창조하려는 세계에 대한 염원이 크다. 그것을 누구에게 맡기고, 어떻게 대신할 수 있길 바라겠는가. 내 손에 닿을 뿐 타인 손이 닿을 수 없는 그것에 대해 우리는 욕망한다. 달리 말하자면, 세상에 질문할 때는 어떤지 몰라도, 자신에게 질문해야 할 때는 오롯이 있어야 할 '반드시'와 같은 소망이다. 따라서 '반드시'라는 그 길을 진정 추구할 때 누구도 아닌 자신의 손에 쥘 수 있게 될, 그것이야말로 독점 사용이 가능한 원천이라는 생각이 든다.

　　요즘의 학교는 절대 그렇지 않지만, 내가 중학생이던 시절만 해도 시험은 예문이 제시되고, 문제 질문과 4지 선택형에서 답을 찾아내는 방식이었다. 정답을 요구하는 문제에 '반드시', '꼭', '절대'라는 단어가 들어간 문항을 선택하면 백이면 백 모두 오답으로 처리됐던 기억이 있다. 하지만 이렇게 앞, 뒤 거두절미하고 꽉 막혀 숨도 쉬기 어려운 문장에서 '반드시', '절대', '진정'이라는 단어들은 유혹의 문장이기도 했다. 그러나 유혹의 단어가 들어 있던 문제를 여러 번 틀리고 난 뒤, 나는 그 단어들과 불편한 관계가 됐다.

　　최근 들어 '반듯이'라는 단어를 발견했다. '반드시' 그렇게 살 수 없다면 '반듯이'라도 사는 일이 정답에 가깝도록 맞춰가는 삶이라 생각했다. '반듯이' 살고 싶지 않은 사람은 많지 않을 것이다. 반듯하게, 똑바르게 살기를 희망하는 사람은 '반드시' 주어진 대로만 삶을 살 수는 없을 것이다. 그렇더라도 그런 삶을 지향하는 사람들은 세상을 살면서 돈과 권력과 명예를

좇기보다는 먼저 진정한 삶의 가치를 찾고자 애쓴다.

　그래서 싫은 것, 어려운 것, 누구도 하길 꺼리는 것에 기꺼이 자신을 내주며 살아가는 일에 골몰하는 사람들이 있는 것이다. 무엇보다 자신을 이끌어 주는 견인차는 '목표 세우기'와 '실천'이라는 사실을 믿어야 한다. 반듯하게 살고 싶고 진정한 삶의 의미를 찾으려면, 목표계획을 정하고 그곳을 향해 전력 질주하면 된다. 그런데 이 과정이 곧바르게 성사되기가 쉽지만은 않다.

　모든 것을 소유할 만한 재력으로 마음먹은 대로 누려볼 것 다 누려 본 사람이 진정한 삶의 의미까지 찾아 나설 때, 우리는 충분한 소유는 고사하고 소박한 것 하나 손에 쥐기 위해 반드시 겪고 해야 할 일들에 얽매어 허우적거린다. 그러면서 가질 수 있다고 믿었거나, 이미 우리에게 있는 진정한 삶의 숨결은 호흡해 볼 겨를조차 없이 흘려버린다. 세상에는 한 번쯤, 그러니까 반드시 거머쥐어야 할 게 아직도 수두룩하게 남아 있기에 우리가 갈 길은 멀기만 한 것이다. 그래서 자기를 잃더라도 통제가 가능하다는 세계를 바라보면서 뛰어간다. 하지만 그것을 노려보며 달려드는 경쟁자들이 이 세상에는 너무 많기에 도달하기 힘들다. 운 좋게 그것을 찢어 나눠 갖는다 하더라도 풍족한 몫이 될 것인가에는 회의적이다.

'반드시'가 들어 있던 시험 질문지의 답문이 우리에게 주는 교훈은 무엇일까. 현재를 살아가는 우리로서는 '반드시'는 포기해야 할 어떤 것으로 넘겨 버려야 하는, 접근 불가의 성역으로 남는다. 그럼에도 '반드시'보다 '반듯이' 살기를 원하면서 우리가 그곳에 도달하지 못하는 이유는, 나에게 필요한 '진정한 삶의 의미'를 설계하고 행동하지 않고 있기 때문이다. 거기에는 내가 선택지로써 꺼렸던 '반드시'가 포함돼 있어야 가능하다. 그러므로 똑바르게 살아가고자 할 때, 전체 삶의 의미를 찾아 해답을 찾는 일이야말로, 비상하게 많이 가진 자들을 앞서는 길이라 생각하자. 그도 살아보니 세상 부러움의 대상이 자기를 좌우하는 삶의 가치가 될 수 없다는 걸 미리 체득한 것뿐이기에.

 '반드시'에는 '꼭', '결단코' '절대'라는 의미가 있으나 조금만 달리 보면, 반드시 그러지 않아도 된다, 는 의미로도 사용할 수 있다는 것을 발견하게 된다. 왜냐하면 자신이 다져야 할 삶의 가치보다 우위에 설 수 없는 조건에 불과하기 때문이다. 타인은 나의 가치를 외면하거나 비교 평가할 수 없다. 그건 자신만의 정답은 '반드시'에 있기보다는 스스로 여기는 진정성, 곧 '반듯이'에 있기 때문이다. 이 문제를 두고 논쟁까지 하려는 사람이 있다면 우린 진짜 희망 없는 힘겨운 세상을 살아가고 있는 것인지도 모른다. 그러니 반드시 바르게 보도록 하자. 굽힘 없이 각자 반듯이 살아가자! 그것만은 우리가 내줄 수 없는 마지막 존엄임을 기억하자.

# 자유의 방식, 자기만의 방식

화창한 토요일 오후로 넘어가는 도서관에서였다. 책을 읽고 있었는데 안경을 바꿀 때가 됐는지 자주 눈이 침침했다. 안경을 벗어 놓고 지그시 눈을 감았다. 모니터 화면을 지운 듯 눈이 편해졌다. 오전에 읽던 책을 덮고 점심을 먹으러 식당으로 향했다. 비슷한 간격을 두고 도로에 설치된 건널목과 신호등이 한눈에 들어왔다. 녹색과 적색등은 일정한 시간 간격으로 바뀌고 차량과 사람들에게 무질서를 주고 있었다. 머리 위에는 붉은 신호등이, 눈앞에는 녹색등이 켜질 때 머리로는 점심 메뉴를 생각하며 길을 건넜다.

한참 오래전 기억이지만 이십 대 중반의 나는 신호등을 지금처럼 보지 않았다. 그때는 뭔가 호기심이 많았고 무엇이 됐든 끄적이길 좋아하던 시절이었다. 그때도 횡단보도는 건너야 했겠지만 지금처럼 순순히 건너지 않았다. 신호등이 초록색으로 바뀔 때, 건너도 되고 건너지 않아도 되는 자유가 나에게 있다고 생각하는, 좀 철없던 나이였다. 나는 녹색 신호등이 깜빡거리는 걸 보면서도 끝내 길을 건너지 않았고, 다른 횡단보도를 찾았다. 기다리는 동안 내 가슴에 꿈틀거리는 게 무엇인지 알고 싶어 하던 때였다. 그때는 그것을 자유라고 생각했지만, 그러나 건널 수 있는 자유를 잡지 못했던, 그런 젊은 시절이기도 했다.

길을 걸으며 손에 쥔 볼펜을 여기저기에 두드려 보던 시기도 그때였다. 무엇이 손끝으로 전해져 오는지, 무슨 소리인지, 어떤 감각인지, 감지하려 했다. 그러다 보면 볼펜 용액이 위로 흘러나와 손이며 옷에 번지는 일이 다반사였다. 나름 자유를 해석해 보겠다고 그처럼 두드리며 걸어 다니던 기억이 새삼 아련하다. 하지만 지금은 그때처럼 다니지 않는다. 그 시절 비록 원하는 걸 얻지는 못했으나 나만의 질서와 자유를 구하려 했었던 것 같다.

세월을 더 거슬러 올라가 보면 지금도 자유롭지 못한 기억 하나와 만난다. 지금도 헤아리기 어렵고 풀리지 않는 최고의 의문이기도 하다. 내 기억에 그 일은 경험에 관한 첫 번째의 기억이었다. 당시 나는 초등학교 3학년이었고 토요일 방과 후 청소 시간이었다. 수업 종례 후 분단 청소가 있던 날, 내가 있는 분단이 당번으로 정해졌다. 아이들은 집으로 돌아갔고 우리 분단만 남아 청소를 해야 했다. 하지만 남학생 애들에게 청소는 뒷전이었다. 손에 쥔 총채와 빗자루로 칼싸움을, 책상 위를 밟고 뛰어다녔다. 이런 우릴 보다 못한 여자 청소반장이 선생님께 이른다는 으름장을 놓고 교실을 나갔다. 사실 우리는 그 아이가 교무실로 가든 말든 별다른 관심이 없었다. 하지만 문제의 기억은 그다음에 선명하게 각인돼 나타났다.

담임이던 여선생님에게 이르겠다고 벼르면서 나갔던 청소반장이 왼쪽 뺨을 두 손으로 감싸 쥔 채 엉엉 울면서 교실로 돌아왔다. 그때까지도 여전히 청소는 뒷전이었지만, 아이들은 그 광경을 보고 갑자기 변해버린 상황에 초긴장 상태로 바뀌고 말았다. 꾸중을 듣게 된다면 청소 안 한 우리가 들어야 할 꾸중이었다. 그런데 더욱 놀랐던 모습은 하얀 뺨에 난 붉고 선명한 손바닥 자국이었다. 마치 무림 고수에게 당한 금강인의 자국과 닮아 있었다. 우리는 충격과 두려움에 휩싸였고, 청소는 순식간에 끝이 났다. 예상하지 못한 상황이 벌어졌으므로 나를 포함해 전부가 청소는 하는 둥 마는 둥 끝내고 집으로 돌아갔다.

그날 일은 그야말로 우리에게 충격을 주는 사건이었다. 지금까지도 주말 오후, 청소 시간에 왜 그런 상황이 벌어졌고 급히 마무리됐는지 알지 못한다. "교무실에 가서 선생님에게 무슨 말을 했던 것일까?", "청소반장 여자애는 왜 뺨을 맞았을까?", "누가 때렸을까?" 그날 청소를 했던 아이 모두에게 알 수 없는 비밀로 봉인됐다. 이제는 너무 오래된 일이기에 상상하는 것조차 무의미한 기억이 됐지만, 어린 시절의 그 일은 내 기억 중 가장 오래되고, 또 가장 풀리지 않는 미스터리로 남아 있다.

"경험이란 그저 자신에게 일어난 일이 아니라, 그것에 관여하는 어떤 것"이라던 헉슬리의 말이 떠오른다. 전체적으로 관여하는 순간을 경험할 수 있을 때, 삶은 선명하게 존재하게 될 것이다. 어쩌면 이율배반적인 문구로 이해될 여지도 충분하다. 그렇더라도 지금 순간에 사는 존재의 길보다 경험에 관여해 확장하는 관계의 인생을 살 때, 순간도 풍요해질 거라는 생각이 든다.

의문으로 가득 차 있는 초등학교 3학년 청소 시간의 특별한 경험이 아니더라도, 우리의 경험에는 이보다 더한 미스터리 한 일도 많이 발생한다. 아무렇지 않았더라도 내가 관여한 경험에 풀리지 않는 의혹의 실마리를 찾을 방법은 틀림없이 있을 것이다. 자기 경험이더라도 정확한 기억에 의존해 해석

하지 못하면 오늘의 경험 또한 함의하기 어렵다. 이렇게 생각하다 보니 경험을 내 것으로 만드는데 두 가지 방식이 있어 보인다. 하나는 '자신만의 틀'을 활용하는 것이요, 다른 하나는 '자기만의 방식'을 찾아내는 것이다.

지금도 '자유란 무엇인가?', '행동으로 경험한다!'에 대해 생각해 봐도 잘 알 수 없는 건 예전이나 지금이나 마찬가지다. 앞으로도 경험 때문에 자유로울 수는 없을 것이다. 다만, 자를 대고 눈금을 보는 정형화된 '자신만의 틀'이 아니라, 자를 떼고 눈금을 그리는 무형의 '자기만의 방식'을 찾을 때까지 그 자유는 유예될 것이다. 지금도 자기만의 방식에 의한 경험 없이 무엇인가를 규명하고자 하는 일에는 자유가 있을 수 없다는 생각이다.

그렇지만 궁극적으로는 모든 경험에서 벗어날 때, 비로소 진정 개인적인 자유를 생각해 보게 된다. 순간으로부터의 자유, 인과가 있는 상태를 묻지 않고, 그래서 '자신만의 틀' 너머 오롯이 '자유의 방식'으로 사는 게 우리가 경험하는 가장 명확한 '자기만의 방식'이 아닐까? 싶다!

5부

# 당신은 우주의 마지막 퍼즐

"무한히 확장되는 우주에서 그대가 품었던 꿈은

아직도 가능성으로 나풀거린다.

그대는 가능성의 씨앗으로 존재하다

드디어 세계를 열고 채워나가는 이 우주의

마지막 퍼즐임을 발견한다."

# 노인이 된 예수

잘 다니고 있는 회사를 그만두려고 고심하던 때였다. 불편 없이 살아왔지만 계속 이렇게 살아서는 가까운 미래에 내가 원하는 가치 있는 삶이 안 될 수도 있겠다는 생각이 들었다. 이 런저런 고민이 많았던 탓이었는지, 잠들어도 사나운 꿈을 꾸 다 깨는 날이 많았다. 새로운 삶을 선택해서 산다면 이전까지 살아온 것보다는 후회를 덜 하며 살게 될 거야, 라는 생각으로 다시 잠을 청하던 나날이었다.

지하철 안은 출근하려는 사람들로 만원이었다. 책 속의 책 장같이 밀착하고 있는 사람들 틈바구니에서 책을 펼쳐 들었다. 익숙한 탓이었는지 곧바로 몰입해 들어갔다. 지하철 안으로 밀 려서 들어오는 사람들로 객차는 금세 초만원이 됐다. 발을 겨우

고쳐 서며 주위를 둘러보았다. 아무것도 하지 않고 있는 사람들은 없었다. 핸드폰으로 영화를 보거나 게임을 하는 사람들이 많아 보였다. 뭔지 모를 생각에 잠겨 있거나 눈을 감은 채 앉아 있거나 정면을 응시하는 사람들도 그만큼은 돼 보였다.

고속으로 달리던 전동차가 다급한 상황을 감지했는지 갑작스럽게 급정지를 시도했다. 급격한 속도 줄임 때문에 전동차의 쏠림현상으로 실내에 있던 많은 사람이 맥없이 앞쪽으로 휩쓸려 넘어졌다. 비명이 여기저기서 들렸고 조용했던 객차 안은 순식간에 아비규환의 상황으로 변했다. 전혀 예상하지 못한 상황이었다. 그런데 그 사태에서 승객은 두 부류의 상반된 모습을 보이는 것 같았다.

외부에 집중하는 사람과 내면에 몰두하는 사람의 대응 모습이 그때 다르다고 느꼈다. 몸이 심하게 앞쪽으로 쏠리거나 넘어진다면 전자, 그렇지 않고 몸의 균형을 유지한다면 후자에 속해 있을 가능성이 높아 보였다. 급정거라는 돌발상황이 발생할 때 생각의 무게 중심을 어디에 두고 있었느냐에 따라 몸이 외부에 대한 대응력을 다르게 사용한다고 생각했다.

자기의 내면에 주의를 두고 있던 승객이라면 두 발바닥의 굳건한 밀착 때문에 몸이 휘청거릴 뿐, 발이 지면에서 떼이는 일은 드물다. 하지만 그 반대라면 지금에 뿌리를 두는 주의를 하지 못하고 상황에 이끌려 갈 수밖에 없다. 현재 자신에게 몰두할 수 있다면 외부의 변화에도 균형을 유지하려는 반응력이 빠르다. 휘청거리기는 해도 곧바로 몸이 유연하게 탄력성을 발휘하는 것이다. 나도 두 발이 떨어지고 넘어지는 일은 일어나지 않았기에, 그날 지하철 안에서 체험하고 얻은 결론이다.

충무로역에서 내려 에스컬레이터를 타고 출구로 나가려는데, 출구 앞에서 깡마른 노인이 사람들에게 전단을 나눠주고 있는 모습이 눈에 들어왔다. 남자에게는 그 일이 어떤 커다란 책임이나 사명의 일처럼 느껴지는 듯 보였다. 나는 그가 손을 내밀기도 전에 손을 뻗어 전단지를 가볍게 받았다. 나눠주는 일이 전부 끝나야 돌아갈 수 있다는 걸 알고 있기 때문이기도 했다. 슬쩍 읽어보니 하나님을 믿으면 천국으로 갈 수 있다는 문구가 적혀 있었다.

허름한 옷차림을 하고서 하느님의 사랑을 전파하는 그를 스쳐 지나가면서 분명, 나는 사랑이 필요한 사람이고 천국의 행복이나 피안을 동경하는 어린 양일지도 모른다고 생각했다. '언제쯤 사랑과 평화에 젖은 채 행복감으로 살 수 있는 천국 나라의 일원이 될 수 있을까'라는 생각으로 걸었다. 그때 별안간 두 눈에서 눈물이 뚝뚝 떨어졌다. 걸음을 멈추고 뒤돌아 지하도 출입구 쪽을 봤더니, 눈물 저편에서 노인이 된 예수가 지금

까지도 사랑의 아버지를 찬양하고 서 있는 모습으로 느껴지는
게 아닌가.

　세상에 개인의 자유는 많아지고 함께 할 사랑이 부족하더
라도 그건 누구라도 어찌할 수 없는 일이 되고 말 것이다. 내
삶에서도 한쪽으로 치우침 없는 균등한 비율이란 게 힘든 일
이었음을 많은 경험들이 말해 주고 있다. 그렇더라도 우리는
살아가면서 균형감 있는 상태에 놓이기를 기대한다.

　뒤숭숭한 꿈을 꾸다 깨어나 편하게 다시 잠들 수 없었던
건, 아직도 균형감을 찾지 못한 치우침이 내 삶에 있기 때문이
었을 것이다. 하지만 어떤 한 가지를 선택해야만 하는 상황에
놓일 때 우리는 잘 모르는 것 같다. 그것이 둘이 아닌 하나의
대상이란 사실을. 그리고 선택이라는 절실함마저도 우린 늘
이것저것 사이의 균형을 말하지만, 사실은 하나에 대한 방향
임을 늘 간과하는 건 아닌가 싶을 때가 있다.

　도시의 중심부를 향해 고속으로 달리는 지하철 안에서도
새로운 선택은 가능해진다. 스치듯 지나가는 외연에 주의를
쏟을 것이 아니라, 각자 내면에 존재하는 하나의 주인에게 주
의를 기울이며 계속 따라갈 수 있길 원한다면. 그럴 수 있다면,
수많은 어제 때문에 울지 않고, 언제나 괜찮은 오늘을 살아갈
수 있을 것이란 깨우침을 얻는다.

# 감자꽃 시세가 떨어지던

6월이면 감자를 캐는 수확기가 시작된다. 올해 3월에도 처가에 내려가 밭에 고랑을 만들고 하지 씨감자를 심었다. 기후의 온난화로 수확시기도 예년에 비해 보름이 앞서고 있다. 3개월의 시간이 지났고 그때 심었던 감자가 다 자라 돌아오는 주말이 캘 적기라 했다. 농촌에서 살아본 경험은 없지만 이따금 일손을 보태는 일은 할 수 있었다.

구순을 바라보시는 장모님이 밭작물을 심고 거두는 노고가 이만저만한 게 아니다. 이제는 누군가 옆에서 많이 도와야 하는 세월이 됐다. 친정 사정을 빤히 아는 아내는 일손이 필요한 시기에는 한몫 거드는데 진력을 낸다. 나 또한 그 마음을 알기에 작은 도움이 되고자 묵묵히 동행한다.

아내 형제들이 적지 않기에 한날 한 번에 손을 거들면 어렵지 않게 해결될 일 많겠다고 생각한 적도 있었다. 하지만 어디 그게 생각처럼 쉬운 일이겠는가. 주말 새벽부터 내려가 일찍 감자 작업을 하려고 했으나 공교롭게도 아내가 출근하는 날이었다. 아내가 출발할 수 있는 시간이 정오는 돼야 한다고 했다. 아침 일찍 도착해서 수확 작업을 해야 하는데, 출발 시간이 늦어져 작업도 늦어지게 될 상황이 되고 있었다. 그러던 차에 출근해 있던 아내가 전화를 한 통 받았다는 거였다. 큰 처남의 전화라고 했다.

　"학교에서 관리하는 꽃씨가 있을 거야. 알아보고 있거든 꽃씨 조금 구해서 오면 어떨까?"

　주말 오후 지인의 결혼식에 참석한 후에 내려가게 됐다며 아내에게 꽃씨를 부탁하는 전화였다. 한창 바쁜 시골 농사철 일에는 돌 지난 아기 손도 큰 도움이 된다는 말이 있다. 부족한 일손에다 작업 시간마저 부족하다는 걸 알 텐데, 그런 겨를에 꽃씨를 찾는 마음을 당시에는 이해하지 못했다. 감자를 캐고 크기별로 분류하고 포장 작업까지 눈코 뜰 겨를 없이 서둘러도 될까 말까 바쁠 게 뻔해 보이는 작업은 뒷전이고 꽃씨라니! 꽃이라니! 밭 한쪽에서는 모종삽으로 땅을 파서 꽃씨를 심고, 다른 한쪽에서는 뙤약볕에 땀 흘려가며 감자를 캐는 모습이 동시에 그려졌다. 그게 뭘 뜻하는 것인지 이해가 안 됐다.

서울에서 할 일을 마치고 서둘러 달려가 감자 작업을 시작했다. 작은 처남 식구들까지 내려와 감자 작업을 도왔다. 6월 들판의 땡볕은 뜨거운데 부족한 일손에 서투른 밭일이 힘들지 않을 수 있겠는가. 그렇지만 나는 바쁘게 즐겁게 감자 작업을 했다. 그러다 작업이 끝나 갈 즈음 불현듯 오전의 일은 내가 곡해해서 뭔가 잘못 받아들인 것이구나 그렇게 생각했다. 물론 그건 여전히 생각하기에 따라서는 이해가 되고 안 되고의 문제이긴 했지만 말이다.

"감자만 보았지, 여기 감자에서 꽃을 들여다볼 수 있는 눈이 내게는 없었던 것이로구나."

"감자 캐는 일이 내 기쁨의 놀이가 돼야지 일이 되어선 안 됐어"라는 생각에 닿았다. 이건 감자만이 아니라 꽃을 볼 수 있는 객관의 시각을 가져야 이해가 될 문제였다. 그러고 보니 나야말로 욕심에 가득 차 있었던 건 아니었나 싶은 생각이 든 것이다. 서로 다른 마음이었다는 걸 비로소 알게 됐다. 밭을 꽃들로 채우려는 마음이었겠구나, 그런 생각마저 들었다. 감자밭과 또 다른 꽃밭을 바라보는 마음을 처음부터 이해조차 하려 들지 않고.

늦게까지 서둘러 끝마치고 저녁을 먹은 뒤 잠자리에 눕자 이런저런 생각이 스쳐 지나갔다. 몸은 지치고 힘이 들었어도 작업을 끝낸 뿌듯함이 밀려왔다. 그러다 스르르 잠에 빠져들었다. 꿈을 꾸었던 것 같다. 감자밭에는 온통 감자꽃과 이름 모를 화초들이 석양빛과 어우러져 천연색들로 넘실거렸다. 감자는 보이지 않았다. 석양에서 꽃들은 바람에 완전하게 하나로 넘실댔다. 그러다가 잠에서 깼다.

눈을 뜨지 않고 계속 생각에 잠겼다. '감자를 캐는 일이 절실한 일인지, 꽃씨를 심는 마음이 더 소중한 일인지 비교할 수는 없다. 그래서 어느 한쪽이 더 중요한 일이라 강요해서는 안 되는 일이란 걸 알게 된 것만으로 만족하자'라고 생각했던 것 같다. 더 크게 이해할 수 있으려면 다른 마음도 내 마음 밭에 심을 수 있도록 허락해야 한다. 오늘은 비록 그렇게까지는 아니더라도 감자밭을, 또 내 마음 밭도 고르게 매어 좋은 일만 일어난 하루였다고 생각하기로 했다.

우리가 떠나고 다음 날 큰 처남의 후속 마무리 작업까지 마치고 나서야 농협에 판매했다고 한다. 안타깝게도 감자 시세가 계속 내려가는 바람에 원하는 만큼 제값을 받지는 못했다는 말을 아내에게 전해 들었다. 하지만 올해 감자 판매가격을 사위에게 꼭 알려주라는 장모님의 당부가 있었다는 얘기를 전해 듣고, 나는 마음 써주신 고마움을 전달받을 수 있었다. 초

봄부터 노구(老軀)를 움직여 가며 쏟은 정성에 비해 기대만큼 제값을 받지 못하였을 텐데, 굳이 감자 판 금액까지 알려주시려는 장모님 마음을 이해하고도 남았다. 그러나 한편, 꽃에 대한 나만의 이해가 불러오는 심사가 감자 시세에 영향을 줘, 높게 받지 못함으로까지 이어진 건 아니었나 싶어 왠지 죄송한 마음이 드는 건 어쩔 수 없었다.

# 유리 상자 속 그대

4월 말 날씨는 눈부시게 화창했다. 광화문에서 버스에 올라타 집으로 향하는 중이었다. 차창 밖 세상은 소리 없이 분주해 보였고, 어지러워 보이는 모든 움직임에는 자신만 아는 목적이 있을 거라는 생각이 들었다. 앞좌석에 아주머니 한 분이 앉아 있었는데 정면을 응시하고 있었다. 접힌 우산이 하차 문 창가 구석에 세워져 있었는데 왠지 그녀의 소유물로 여겨지지 않았다. 달리는 버스에 온전히 몸을 내맡긴 듯 보였다. 등이 조금 구부정해서 힘이 없어 보인다고 해야 하나, 버스를 타기 전까지 뭔가 힘겨운 일을 끝마치고 버스에 올라탄 모습 같았다.

나는 점점 묵직해지는 허리 때문에 어깨를 비스듬히 기울여 머리를 차창에 댔다. 차도와 인도에는 수많은 사람과 차량이 계속해서 엉키는 모습으로 눈에 들어왔다. 햇빛 때문이었는지 투명한 유리창에 내 얼굴의 연한 음영과 창밖 풍경이 보였다. 짧은 순간 두 모습이 동시에 보이는가 싶었는데, 이내 창밖의 모습이 환히 보였다. 하나는 투명 유리창을 통해 밖이 보이는 세상, 다른 하나는 거울처럼 나를 비춰주는 세계였다. 그럼 투명한 수용과 반사라는 상반된 구조가 내가 인식할 수 있는 세계의 전부일까, 그런 생각을 했다.

버스가 설 때마다 한동안 새로운 사람으로 붐볐다. 이제껏 미동도 없이 앉아 있던 아주머니가 살짝 허리를 세워 하차 버튼을 눌렀다. 유리창에 이마를 댄 채 그 모습을 지켜보다 이런 생각이 들었다. 버스가 정차하고 내리면 그녀는 혼잡한 인파 사이에서 다시 자신만의 길을 거슬러 가겠지, 그렇다면 나에게만 복잡하게 보이는 것일 뿐, 사실은 누구나 자기만의 올곧은 길을 찾아가고 있는 것이란 생각에 닿았다. 그녀 자신만의 명확한 그곳을 향해 헤치고 가는, 멀고도 고단한 궤적의 꼬리가 어느 지점에서 홀연히 사라지는 게 그려졌다.

그리고 복잡한 인파 속에서 그녀가 자신만의 길을 힘들어하지 않고 갈 수 있길 나는 바랐다. 아마도 확신을 우러르며 갈 것이라 믿는다. 왜냐하면 자신의 길을 아는 존재는 오직 그녀뿐일 테니까. 그러니 모두 자기의 길들을 가기에 한밤중 거리에 그 많은 사람과 차가 사라지는 것 아니겠는가? 아주머니가 내리고 버스는 한참을 달리고 있지만, 나는 아주머니를 붙들고 다시 생각을 이어갔다.

조금 전까지 힘없이 앉아 있던 그녀와 그 모습을 바라보는 나를 떠올려 봤다. 좀 전 유리창에 비친 나의 눈이 그녀의 뒷모습을 바라보고 있는 것 같았다. 내가 꿈꾸는 것처럼 세계를 일시에 볼 수 있다면 얼마나 좋을까 싶었지만, 언제나 마침표 혹은 쉼표를 거스르는 행위에 불과하다. 쉽게도 멋지게도 섞이지 않는다는 걸 안다. 그건 아마도 우리가 가려는 곳이 최종적인 목적지라 말할 수 없기 때문일 것이다.

버스에서 아주머니가 내린 후 어디에 있는지 알 수 없듯, 나 또한 어디로 가고 있는지 누구에게도 알려주지 못한다. 내 모습이든 세상이든 동시에 볼 수 있다고 주장할 생각은 없다. 또 그럴 수도 없다. 버스 안에서 나는 그 세계를 상상했을 뿐, 결국 하나씩 발견할 수밖에 없었으니까. 유리창 너머의 세계, 그 세계만을 나로 인식하지 않을 때, 그리고 내 쪽을 바라보는 반쪽의 세계마저도 나라는 사실을 알게 될 때, 비로소 온전한 하나의 세계로 이해될 것이다.

며칠 후, 어떤 일로 아내와 마주 앉아 얘기를 나누다 서로를 지긋이 바라본 적이 있었다. 부부라고 해도 서로의 눈을 1

분 이상 바라보는 일은 드물다. 1분 이상 상대의 눈을 바라본다면 그를 누구보다 많이 이해하는 사람이 될 수 있다는 말이 떠올랐다.

"우리 서로의 눈을 1분만 바라보는 시간을 가지면 어떨까?" 내가 아내에게 제안했다.

"왜?" 아내가 영문을 모르겠다는 듯 되물었다.

"아, 그게 우리 서로를 1분 이상 지긋이 바라본 적이 없었잖아. 그래서 어떤 느낌일까, 싶어서."

우리 둘은 그렇게 정말 1분을 넘기고도 한참을 서로 바라보는 시간에 썼다.

사람들은 자기의 눈을 통해 바라보는 세계가 전부라고 인식하는 경향이 크다. 그러나 그 일로 내게 더 중요해진 것은, 내 앞의 그대 눈이 바라보는 세계, 그러니까 나를 포함해 내 배경의 세계를 있는 그대로 보고 있는 그대라는 존재였다. 그건 내가 바라보는 세계보다 그대가 나를 담아내고 있는 세계야말로 진정 내가 존재하는 세계. 그래서 온전히 하나의 세계라는 것을 깨닫게 했다.

누구든 두 눈을 통해 서로 바라보는 세계에 대해 말할 때, 나는 언제나 그대의 눈이 담는 세계가 더 커다랗다는 걸 이제 인정하지 않을 수 없다.

# 봄은 아랫마을 이야기

2월 설을 보내고 하순, 봄기운이 포근하게 느껴지는 날이었다. 날씨가 조금만 따뜻해도 봄을 발견했느니, 그러다 사나흘 그런 날이 계속되면 이젠 완연한 봄이라며 사람들은 그렇게 봄을 소망하고 재촉한다. 냉기가 다 가시지 않아 얼어붙고 움츠러들게 해주던 겨울을 성급히 떼어내려는 심사로, 채 오지도 않은 봄을 먼저 예감으로 다지려 하는 것이다. 3월로 달력 한 장을 넘기기가 무섭게 남쪽 지방에서는 매화가 활짝 피어 봄 축제를 한다고들 했는데, 서울은 3월이 다 지나도록 아직도 추운 봄에 머물러 있는 중이다.

누군가에게 겨울은 쉽사리 떠나보낼 수도 없는, 또 누군가에겐 쉽게 오지 않는 그런 봄이 계속됐다. 냉랭한 추위만 맴

돌아서인지 그럴 때면 따뜻한 남쪽이 그리워지기도 해서 실속 없는 말을 아내에게 던졌다.

"남해엔 꽃들이 한창이라는데 우리도 꽃구경 한 번 가야 하는 거 아냐?" 그러자 아내의 대답이 날아왔다.

"좋을 텐데. 너무 멀어. 축제 철이라 갈 때 올 때 힘들고. 집 근처 꽃 피던데?" 그렇게 좋고 좋다는 꽃 축제는 절로 멀어지고 만다.

3월 중순, 더디기만 한 봄다운 날씨를 기다리다 못해 등산을 갔다. 예상대로 아직 북한산은 꽃이 귀했다. 한겨울 매서운 추위야 분명히 사그라졌지만, 그렇다고 제대로 된 봄이 올라왔다고는 아직 말할 수 없었다. 그것은 오므려 있던 꽃봉오리가 활짝 피어 만개해야만 말할 수 있는 일이라서. 꽃망울은 있어도 틔우지 못한 게 대부분인지라 봄이 왔다고 말할 수는 없을 것 같았다. 산은 아직 꽃망울 하나가 귀하지만 그나마 다행인 건 산 아래 집 정원에 피어 있는 꽃들이 위안을 주고 있었다. 하지만 산과 들에 꽃이 흐드러져야 제대로 된 봄이 왔다고 말할 수 있지 않겠는가.

그렇다. 봄은 아직 아랫마을 이야기다. 아직 서울 북한산 초입은 산수유 싹도 틔우지 못했다. 군데군데 간혹 수줍게 꽃망울을 살짝 터트린 꽃이 몇 개 보일 뿐, 아직 산 위의 얘기는 아닌 거다. 봄은 그렇다. 아직은 아랫마을의 이야기다. 남쪽 지방에는 지금 온갖 꽃들이 흐드러지게 피었다. 하지만 서울도 봄꽃을 틔우려면 더 많은 따뜻함이 흘러 다녀야 한다. 그래서 우리의 봄도 아직은 남쪽 이야기이다. 봄이면 꽃이 핀다고 난리지만 나무가 잎을 피우는 일도 마찬가지다. 꽃을 피우려면 아래에 따뜻함이 충분히 돌아야 핀다.

등산을 가면 자연스레 산에 피어나는 꽃들에 관심과 애정을 갖기 마련이다. 남해 쪽은 이제 봄도 아니고 덥다고 성화인데, 여기 서울의 북한산은 봄도, 그렇다고 겨울도 아니다. 깊은 밤은 오히려 겨울에 더 가깝다. 따뜻함은 차가운 쪽으로 옮겨간다는데 언제쯤 전해져 오려는지 기다려진다. 남쪽의 따뜻함이 충분하게 전해지지 못하는 어떤 날은, 산속에 세워 놓은 전봇대도 나무처럼 여겨질 때가 있다. 땅속에서 수분을 끌어올려 뻗은 가지로 전해주는 나무의 일처럼, 전봇대도 전깃줄로 집마다 연결돼 환하게 밤을 밝히는 일과 다를 바 없다고 생각해서 그렇다. 그래서 나무들 사이에 늠름하게 서 있는 전봇대를 볼 때면 나무와 다를 게 없어 보인다.

봄, 꽃구경을 외치던 3월도 지나고 4월 초, 경기도 북부 지역으로 아내와 캠핑을 떠났다. 반쯤 핀 홍매화 나무 아래에다 텐트를 치고 잠을 잤다. 하지만 새벽 내내 나무 아래에서 피어나는 한기 때문에 잠을 설쳤다. 꽃봉오리가 매달린 나무 아래는 아직도 냉기가 돌아 차가웠다. 우리가 말하는 봄이란, 따뜻한 한낮의 꽃향기에 취할 때 꺼내는 말일 뿐이다. 꽃받침 아래 냉기가 감도는 곳에서 잠들어 보지 않고는 완연한 봄의 꽃을 말해선 안 된다고 생각한다.

낮보다 밤을 많이 경험한 사람은 자연을 좀 더 이해할 수 있으리라. 봄날 한낮에 탄성을 지르며 꽃의 향연을 만끽해도 4월 밤의 대지는 차갑기에. 그리고 아침에 커다란 꽃나무 아래서 잠이 깬다면 꽃이 예쁘다는 말만 입에 담을 수 없다는 현실도 우린 깨닫게 될 것이다. 편하고 익숙한 낮의 방식으로 살아온 사람은 밤의 추위와 앞으로 더 인내해야 할 고통이 남아 있음을 모른다. 그런 가운데 미명 속 새들은 어김없이 단단한 부리로 어둠을 깨뜨리고, 그 호흡에 아침으로 들어선 여명은 밝아온다.

날마다 지구는 놀라우리만치 크고 단단한 불씨를 받는다. 그 안에서 자연의 밤을 몸으로 이긴 자들은 가혹한 것들을 등에 얹고 걸어 나온다. 낮과 밤, 상쇄의 힘을 발견하더라도 밤이 좀 더 어렵고 무거운 이유다. 그리고 나머지 힘을 알게 될 때 우리는 더 성장하리라. 그 힘이 남아 있는 꽃망울을 환하게 틔워 내리라. 특별히 봄, 낮과 밤의 다름이 무엇을 의미하는지 아침에 알게 될 때, 우리는 계속 그런 일이 생겨나는 밤을 더 많이 끌어안고 사랑하면 된다.

　4월, 추위가 채 가시지 않은 북한산 능선을 바라본다. 정상 가까이 있는 산 능선의 꽃들은 혼자서 피지 않는다. 다른 꽃보다 늦게 틔우지도 않는다. 그런 그들의 꽃봉오리에는 일제히 기다리는 마음이 담겨 있다. 반개한 꽃망울은 펼쳐져 있는 산봉우리와 그것들을 지켜보는 하늘이 있음을 바라본다. 완연한 봄이 올 때까지 봄은 아직 아랫마을 이야기이지만, 흠모하는 마음으로 기다리다 필 줄 아는 꽃은, 비로소 산 위에서 봄으로 만나 행복한 어울림의 꽃 춤을 출 것이다.

# 정상에 머무는 시간

우리가 산 정상에 오른다면 탁 트인 시야와 산 아랫단으로 펼쳐진 풍경을 전망하는 기쁨을 누린다. 힘들게 올라가느라 고생한 자신을 위로하고 짧은 감격이지만 최대한 만끽하고 하산을 시작한다. 오래 있을 수도 없는 것이, 정상 지대는 대체로 낭떠러지라 비좁을뿐더러, 사람들로 북적여 위태롭기 짝이 없어서다. 근래 들어 체중을 줄이는 일이 이토록 어려운 일이었나 반문해 가면서 운동과 등산으로 꾸준히 증명하고 있다.

오늘도 나는 헬스장 트레드밀 위를 달렸다. 어제는 도봉산 신선대 정상을 밟았는데, 몸에 뭉쳐 있는 근육을 풀고자 뛴 것이다. 물론 묵혀둔 목적은 따로 있다. 운동을 통한 다이어트가 그것. 체중감량 의지가 번번이 실패로 끝나긴 했어도 올해 봄

어김없이 다시 불타올랐다. 일주일에 운동 횟수를 네 번으로 정하고 러닝 30분, 근력운동 20분, 몸풀기와 마무리로 10분씩 한 시간에 끝내는 계획을 세웠다.

운동을 해도 체중감량에 실패하는 이유는 충분한 운동시간을 투자하지 않아서다. 체계적으로 효과를 볼 수 있는 시간에 비해 현저히 부족한 운동량 때문에 실패한다. 우선 내가 그랬으니까. 운동이 충분할 만큼 이행되지 못했다는 의미는 목표 시간을 얼마로 잡느냐의 문제와 밀접하다. 그건 얼마가 됐든 매일 목표로 삼은 시간을 훨씬 초과해서 달릴 수 있어야 하고, 거기서 한계를 초월하는 의식을 경험하고 만족을 느껴야 비로소 가능해진다는 진리를 담고 있다.

그래서 성공한 사람들은 대부분 자기 목표를 항상 초과한 사람들이다. 하지만 나는 어떤가? 항상 느슨한 계획보다 덜 노력해 왔으므로 목표를 달성하는 일이 거의 없었다. 물론 기대 이상의 노력을 쏟았을 때는 행복한 성취감을 얻기도 했다. 나는 이 논리를 이번 헬스장에서 한껏 수놓겠다는 의지를 불태웠다. 정해 놓은 일주일 운동 횟수와 달리는 시간을 늘이는 건 물론, 매번 초과 시간을 만들어 보자는 다짐까지 했다. 초과하는 시간 비율만큼 정상을 찾은 체중의 유지 기간도 정비례해서 늘어날 거라는 생각에 고무됐다.

핵심 키는 처음 어떤 목표치를 설정하느냐가 모든 걸 결정할 만큼 중요하다. 가령 트레드밀 위에서 30분 달리기의 목표를 가지고 있다면, 시간을 얼마나 더 연장하느냐에 따라 결정된다고 봤다. 물론 이 비율이 높아질수록 정상에 머물 수 있는 시간과 최고 상태를 유지하는 기간이 길어질 것이란 믿음을 뒷받침 해준다.

예를 들자면, 기대하는 효과를 얻기 위해 30분을 달리기 목표로 정했다면, 최소한 30분이 표시될 때 멈춰서는 안 된다. 달리다 30분이 표시됐다면 적어도 61초를 더 달려야 비로소 최상의 상태로 진입하게 된다는 얘기다. 그러니까 아직 완전하게 1분을 다 채운 상태가 아니라는 것. 10분을 초과해 더 달릴 수 있다면, 비율상 정상 상태에 머물 수 있는 시간을 30% 늘릴 수 있게 된다. 무엇보다 유의미한 것은 초과한 노력의 크기와 비율이 정량적 비율과 비교할 수 없을 만큼 현격히 확장되는 비결을 담고 있다는 점이다. 간절하게 바라던 목표를 오랫동안 유지하길 원한다면, 그건 전적으로 자신의 한계 상태를 얼마나 길게 지속했느냐에 달린 셈이다.

이 논리를 등산으로 돌리자면(정상까지 4시간 반이 소요됐고, 정상에서 9분간 머물다 내려왔다면 내가 정상에 머무른 시간 비율은 0.34%이다.) 신선대 정상까지 오르게 된 전체 시간을 대입하면, 나는 적어도 열흘마다 한 번씩 신선대를 올라야만 한다. 물론 정상에서 머무는 9분이라는 기쁨의 시간을 채우기 위해서다. 왜냐고 묻는다면 신선대 정상에 오르기 위해 사용한 전체 시간과 비교해 정상에서 머문 비율을 근거로 들 수 있다. 하지만 누구의 현실도 이와 같다고 말할 수는 없다. 아무리 산을 좋아해 다녀도 일 년에 신선대 정상을 두세 번 오르면 잘 다니는 거다. 지금은 내가 정상에 30분 동안 있길 원한다면 나의 등산 시간은 4시간 30분이 아니라 15시간이 소요되는 등산이어야 한다는 산술적 의미로 말하는 것이다.

등산이 됐든 체중감량이 됐든, 또 다른 어떤 일이 되더라도 최상의 상태에 도달하기 위해 우리는 많은 시간과 노력을 반복해야 한다. 그러니 이제 시작과 끝을 하나의 과정으로 믿고 자신이 정상에 오르는 일뿐만 아니라, 최고 상태로 오래 머물게 해주는 한계 시간 비율을 늘려보면 어떨까? 각자 여건이 다른 만큼 고정 비율은 자기에게 맞도록 정해 특별하게 감내하자. 이행할 뜻이 있다면 누구라도 목표를 위한 힘든 과정을 견뎌내고, 기쁨의 시간을 오래도록 누리는 걸 바랄 게 분명하니까.

어떤 목표를 이루고 싶다면, 그리고 원하는 상태를 오래 유지하고 싶다면, 최소한 목표치라는 한계를 넘기고 최고의 상태에 머무는 시간을 늘려보면 어떨까. 그렇게 할 수 있다면 최고를 유지하는 시간이 놀랄 정도로 확장하는 반면, 이제 과정에 쏟는 노력의 시간은 어마어마하게 절감된다. 겸손한 마음으로 이 생각을 믿고 신뢰한다면, 아니 그럴 수만 있다면 누구나 꿈꾸는 인생의 정상에서, 그것도 최고의 상태로, 최장기간을 누리는 자기를 입증할 수 있을 것이다.

# 책상 위 단 하나의 책

점심으로 먹을 메뉴를 선택하는 문제라면 오전에 해야 할 일들을 다 한 뒤 결정해도 늦지 않을 일이 될 것이다. 점심 메뉴를 선택하는 일에 있어서 올바른 결정과 성취감을 얻었다고 말하는 사람이 있을까. 잠시 고민을 할 수는 있어도 우리는 이미 생각해 둔 메뉴를 결정하고 주문한다. 물론 이 과정에도 격정적인 흥망성쇠는 존재한다. 그렇다면 점심 메뉴의 문제가 아닌, 지금부터 나머지 삶을 걸고 벌어지게 될 선택과 갈등 상황에서 최고의 선택과 결정은 어떤 것이어야만 할까.

2017년 어떻게 살아가야 할까에 대해 심각하게 고민하던 때였다. 퇴근 시간은 퇴직 후 벌어질 수 있는 일들에 대해 주로 고민하는 시간이 됐다.

"돈 걱정하지 않고 해보고 싶은 일을 하려는 게 이렇게 힘든 일 일 줄이야!" 나는 해야 할 일도 또 해서는 안 되는 일도 걱정하는 무거운 마음으로 말했다.

"하려는 일은 이제 두고두고 해야 하지만, 당장 해서는 안 되는 일들이 열두 가지야!" 내가 아는 걸 아내가 다시 말했다. 카페에 앉아 해결해야 할 문제들을 테이블 위에 올려놓고 논의했지만, 어느 하나도 손쉽게 실현될 것 같지 않았다. 선택지가 많을수록 갈등 역시 증폭됐다. 한 마디로 일을 그만둔 후 벌어질 여파는 사십팔 색의 색연필이 흐트러져 있는 상태와 다를 바 없어 보였다. 결국에는 조건 때문에 결정하려는 중요한 가치가 상실된다는 것과, 우물쭈물 오랫동안 끌 문제가 아니었다는 것이다.

선택이란 어떤 쪽이든 그 일에 관하여 현재의 무사함을 우선해 결정해야 한다. 회의적이든 확신에 찬 결정이 됐든, 결국은 자신에게 이로울 수 있는 선택이라면 미지에 대한 기대에 걸어야 한다고 생각하기 때문이다. 다만, 그 선택이 맞는 선택이 되려면 결정을 되도록 빨리하는 일이 중요해진다. 갈등이 새로운 가치에 관여하는 시작이긴 해도, 당장 어느 것 하나 제대로 시작하지 못하도록 만든다. 지연된 선택은 새로운 가치를 위해 집중이라는 긴 시간이 필요하지만, 새로운 출발에 거는 시간은 항상 부족해서 아쉬워할 일이니까.

결국 우여곡절 끝에 퇴직을 감행했지만, 예상했던 결론에 도달한 건 아니었다. 그건 너무도 단순하게도 어느 방향으로 구체적인 태도를 드러내느냐의 문제에 불과했으므로. 퇴직 후 내가 가장 먼저 한 일은 책꽂이를 정리하는 일이었다. 그리고 석 달 안에 읽을 책의 목록을 만들었다. 독서 순서를 정하고 책상 끝 모서리에 책들을 쌓았다. 손만 뻗으면 수십 권의 책을 집어 들어 곧바로 읽을 수 있도록. 하지만 어찌 된 일인지 한 달이 지나도록 계획한 독서 진척은 없었다. 결론적으로 책상 위에 쌓아 놓은 책들을 다시 책꽂이에 집어넣어야 했다. 해야 할 일들을 옆에 쌓아 두고 내내 보는 일은 과중한 부담과 혼란만 키우고, 퇴사 전 고민하는 방식을 반복하게 한다는 걸 알았기 때문이다.

내가 그 일을 통해 새삼 알게 된 건, 두 개의 사물을 동시에 생각할 수 없다는 점이다. 그건 마치 거울에 비친 자기 얼굴을 들여다보면서 목젖을 볼 수 있다고 주장하는 것과 같다. 한 가지가 열리고 다른 하나로 나아 갈 수 있을 뿐이다. 정확히 말한다면 얼굴조차 다 볼 수도 없다. 오직 한 가지에 집중하고 있는 상태야말로 선택이다. 인생이 일직선이라 느끼는 건 하나씩만 가능하기에 주어진다. 우리의 삶은 한 번에 하나만의 의미를 담을 수 있다. 그러니 목젖을 보고 있다면 목소리는 제대로 순수하게 들을 수 없는 일이 된다. 그렇다. 나는 한 가지만을 보거나, 하거나 느끼거나 외면하거나 실패하거나 기다릴 뿐, 두 가지를 같이 할 수 없는 존재라는 걸 말하고자 함이다. 이것은 몹시 중요한 인식의 문제라고 생각한다.

책을 읽어야겠다면 책상 위에는 한 권의 책만 필요하다. 해결해야 할 그 무엇이 있다면 하나를 정하고, 먼저 그것에만 매달리는 게 정공법이다. 걱정거리가 됐든 이루려는 꿈이 됐든 한 가지씩 몰두해 보라. 어떤가? 그렇다면 지금 인생의 테이블 위에는 하나의 책만 놓여있는가. 그러길 바란다. 하나를 잘 볼 수 있다면 다른 하나도 잘 읽고 끝낼 가능성이 커진다. 바라는 일을 현실로 이루길 바란다면 선택과 집중뿐. 차례대로 책상에 하나씩 올려질 수 있다면, 당신은 인간의 영역을 넘어 조화로운 창조자와 대등한 영역에 들어서는 일을 시작했다는 걸 알게 될 것이다.

# 영화처럼 재생할 수 있다면

어린 시절, 태양을 직접 눈으로 쳐다보면 눈이 먼다고 어른들이 말했다. 난 그렇다고 말하면 그런 줄로만 알던 아이였다. 말하자면 어른들의 말을 거스르며 눈이 멀고 싶은 멍청이가 아니었다. 한여름 강렬한 태양 빛이 내리쬐는 영상이 TV에서라도 나오면 소스라치게 놀라 눈을 감거나 고개를 돌렸다. 그러다 몇 년 뒤 TV뿐만 아니라 태양 빛에도 눈이 멀지 않는다는 걸 알게 됐다. 그 사실을 알게 된 건 순전히 실수 때문이었다.

어쩌다 우연히 태양을 쳐다보는 실수에도 눈이 멀지 않는다는 걸 알고 두려움은 사라졌다. 그런 일로 실명하는 일이 내 인생에서 일어나지 않는다는 걸 알고부터 자연이 두렵지 않았다. 어떤 때는 일부러 태양을 직접 맨눈으로 보려는 시도까지 했다. 그 이유 때문이었을까, 시력이 많이 떨어진 탓에 그 무렵부터 안경이 없으면 사물을 명확하게 제대로 보는 일이 어려워졌다. 당연히 나빠진 시력 때문에 안경을 착용하면서 더 이상 내가 눈이 멀 일은 깨끗하게 없어졌음을 알았다.

지금은 1, 2년에 한 번 새 안경을 맞춰 쓰고 다닌다. '년신우일신(年新又日新)'인가, 안경을 바꿀 때마다 더 맑고 밝은 세상을 보게 된다. 하지만 그게 좋은 일만은 아닌 듯싶다. 2016년 5월 휴일 오후, 소파에 앉아 영화를 보다가 깜빡 잠이 들었다. 완연한 봄, 따뜻한 햇볕이 유리창을 통해 베란다 안으로 내비쳤다. 데워진 바깥 온기가 실바람을 타고 방 안으로까지 들어왔다. 그 바람에 깼다. 왜 잠들었나 생각해 보니 새벽에 어수선한 꿈을 꾸다가 잠을 설치고 일찍 깬 탓이었다.

얼마의 시간이 흘렀을까. 잠에서 깨어 보니 영화는 이미 상당 부분 앞 과정을 지워냈고, 이야기도 한참 다른 방향으로 흘러가고 있었다. 지나가 버린 영화의 줄거리는 마치 카메라에 빛이 들어 하얗게 변한 필름처럼 아무것도 인화하지 못했다. 나는 몸을 일으켜 세운 뒤 잠들기 전 기억이 남아 있는 영화 앞부분까지 되감았다. 새벽에 꿈을 꾸다 깨어난 탓에 하얗게 사라진 꿈의 마디에 낮에 영화를 보다 잠든 사이 놓친 장면이 접속했으리란 생각이 물끄러미 들었다.

그때 무엇인가를 느꼈던 것 같다. 되감긴 영상을 다시 시청하자 이야기들이 과거에서 미래까지 연결됐다. 되돌려 보는 영화는 풀어헤쳤던 내용을 견고한 힘으로 옭아매며 이야기를 이끌어갔다. 그 순간이었다. 순간에 담긴 장면들이 어마어마한 밀도와 에너지를 선보이며 사실을 따라 전체를 채워가고 있다는 인상을 강렬하게 받았다. 마치 블랙홀의 가공할 만한 흡인력인 사건의 지평선에 전부 빨려 들어가는 현상처럼 느껴졌다. 이때의 순간은 볼펜의 스프링처럼 나선을 따라 회전하는 모습과 닮아 보였다. 재생하는 영상을 통해 알게 된 건, 누구의 현실이라도 그처럼 회전의 빛으로 흐르고 채워지고 있다는 감각적 체험이다.

그렇기에 어느 장면 하나라도 뺄 수 없는 일이란 걸 이해하지 않을 수 없게 된다. 과정의 밀도가 무한에 가깝고 박진감 넘치게 밀어내는 어떤 힘들의 작용을 느꼈기 때문이다. 접어놓을 수도 없다. 순간이란, 연접된 스프링처럼 다음 순간의 원형이 나선의 형태 위에 빛을 내며 회전하는 일환의 연속임을. 영화를 보면서 나는 외쳤다.

"지금 순간은 텅 빈 한계이자 나선에 비치는 빛의 전진 모습만이 진실이구나. 두 관계를 가볍게 여기지 말자!"

그동안 나는 세상을 어떻게 바라보고 생각했던가. 순간을 너무나 가볍게 여겼고 무심한 탓에 전체를 잃고 살아왔다는 생각이 들었다. 하지만 잠깐 잠이 들었다 깬 그 시각, 지금이라는 순간은 믿을 수 없을 만큼의 밀도를 지닌 진실한 순간들로 가득하다는 사실을 체험했다.

영화에서 1초의 영상은 24프레임이 연속해서 돌며 영사되는 것이라 한다. 그러나 이건 엄밀히 말해서 진실은 아니다. 아마도 잔상효과와 관련이 있을 것 같은데, 인간은 피사체를 자연스럽게 인식하려는 뇌의 기능을 적극 활용한다고 한다. 곧 세상을 인식하는 방식은 잔상, 말하자면 연속으로 남겨진 흔적으로 세상을 보는 것이란 과학적 견해에 부합한다. 하지만 뭘 깨달았다는 사람들의 글을 읽어보면 동물에게도 그런 식의 깨달음이 가능하다는 말도 있는데, 그걸 두고 하는 말인지는 모르겠다. 하지만 이유야 어떻든 이전의 이미지가 연속되기에 우리가 생각의 틀에 갇힌다는 점은 과학적으로 맞는 말인 거 같았다.

우리가 로마의 콜로세움을 매일 삼만 번 여행한다고 해도 똑같은 콜로세움을 다 볼 수는 없을 것이다. 삼만 년을 살펴본다고 해도 결과는 마찬가지다. 그래서 지금 한 번이 영원에 연결된 처음이자 마지막이라는 생각을 지울 수 없다. 어린 시절,

강렬한 태양을 쳐다보았던 일도, 시력이 떨어져 안경을 착용하게 된 일도, 꿈을 꾸다 깨어나 지금의 세상을 보는 일도, 모두 한 번밖에 일어나지 않았다. 이번 삶과 마찬가지로 또 다른 생을 여행하더라도 역시 마찬가지일 것이다.

놓치고 지나쳤던 한 편의 영화를 되돌려 볼 수는 있지만, 더 커다란 한 번이라는 한계를 넘어서는 일은 가능하지 않을 것으로 보인다. 그러므로 지금 나를 이끌어가는 힘이 무엇인지를 느낄 수 있다면, 그건 저마다 지고한 축복일 것이다. 머무르지 않고 재생이 필요 없이 영원으로까지 밀고 나아가는 인생에게 축배를.

# 보는 것은 멀어지는 것

4월 화창한 주말 오후, 아내는 봄맞이 집 청소에 여념이 없었다. 우리 부부는 지금까지도 서로의 시간을 주고받으며 지내지만, 내 쪽에서 아내에게 마음만큼 잘 대해주지 못하는 일들이 월등히 많은 것 같다. 되돌아보니 아내에게 향하는 속도가 느리고 온도가 낮았음을 느낀다. 아내는 밀린 빨래를 세탁기에 넣고, 청소기를 돌리고, 주방과 식탁 주변을 닦는다. 그 시간에도 나는 소파에 누워 리모컨으로 TV 채널을 돌려보고 있었다.

쇼호스트가 등장하고 건강 채널과 재방영 드라마, 오락, 영화 채널을 지나가다 우주과학 채널이 나왔다. NASA는 1990년 4월에 우주 궤도로 허블망원경을 올려 사진을 찍어

관측하기 시작했는데, 은하들끼리 멀어지는 현상을 발견했다고 설명하고 있었다. 그렇지 않아도 무한할 정도로 큰 우주가 무엇 때문에 그러는지 나는 이해가 되지 않았다. 사이가 계속 벌어지는 건 왜일까? 이유가 어떻든 나는 다시 리모컨으로 채널을 돌려대기 시작했다. 그 사이에도 아내는 청소하느라 쉼 없이 이 방 저 방을 왔다 갔다 했다.

채널을 몇 바퀴 돌리다가 문득, 이러고 있을 게 아니라 청소를 도와줘야겠다고 생각했다. 처음에는 무엇을 하는지 몰랐다. 그 사이 아내는 거실을 지나 서재로 들어갔다. 그 순간 "우리는 서로 멀어지고 있는 건 아닐까?"라는 생각이 스쳤다. 굳이 비유하자면 아내와 나는 세상의 끝에서 서로를 바라보며 서 있는 것과 다를 바 없어 보였다. 결국 우리가 서로의 길을 위해 등을 돌리게 된다면, 은하와 은하 사이가 무한히 멀어져 균일함에 이르는 사실로 남게 될 것이다. 흠, 청소 한번 안 돌봤을 뿐인데!

은하들끼리 서로 멀어지다 결국 무한 균등해지는 게 꼭 우주 현상만은 아닐 것이다. 오늘 청소를 하는 우리에게도 결부되는 일이라 말할 수 있지 않을까? 최근 들어 있었던 다른 일도, 그때도 역시 나는 동심원 안쪽이 아닌 바깥에 서 있었다는 걸 뒤늦게 알아차렸다. TV 건강 채널을 시청하고 있을 때였다. 거실에서 생도라지를 다듬고 있던 아내가 조심스럽게 말을 꺼냈다.

"술은 몸 어디에도 다 좋지 않으니 조금 줄여요. 조심해야지." 내가 이렇다 할 반응을 보이지 않자, 아내가 이어서 말했다.

"운동 꾸준히 해야 하잖아. 너무 살이 쪄 굴러다니는 거 같아."

아내는 세상 끝 소파에 누워 있는 내 건강을 염려하고 있었다. 하지만 나는 듣는 둥 마는 둥 했다. 사실 이 세상 무엇이든 그때뿐이지 않았던가. 모든 게 순간으로 이루어져 있어 생겼다 사라지길 반복하기 때문에 확장이 있을 수 없다고 생각하던 때였다. 그러던 어느 날, 마침 의학채널에서 음주와 관련된 방송을 시청하고 있었던 거였다. 술을 많이 마시게 되면 몸이 어찌어찌 된다는 건강주치의 설명이 쏟아져 나왔다. 몸이 망가지고 사망에 이른다는 말까지 들어서였을까, 흠칫 일말의 경각심이 생겼다.

"그래, 조심해야지." 이미 내가 알고 있다는 듯이 대답했다. 세상 끝으로 뒤돌아 있는 사람들 말에는 귀를 기울이면서, 그 끝에서 다가온 아내의 말에 귀 기울이지 못한다면 나는 바보가 분명하다. 죽음을 스스럼없이 얘기하는 방송과는 달리, 아내는 내 곁에서 죽음이란 말을 한 번도 입 밖에 내놓지 않았다. 그건 두 삶의 끝 단면이 맞닿아 있음을 새삼 알게 해주는 말과 다름없다.

우리는 오랜 시간 함께 살아온 사람의 말에 대체로 무감각의 반응을 보이는 경향이 있다. 가장 가까워 애정 어린 관심과 진심으로 우려됨을 들려주는데도 말이다. 더군다나 그다지 영혼 없는 사람 말에 쉽게 귀 기울이는 일은 상대적으로 많다. 왜 그럴까? 혹시 그런 사람들이 우리에게 사망 선고를 내릴 수 있는 그런 부류의 사람이라서! 그 사이 아내가 서재에서 거실로 나오며 말했다.

"아휴, 힘들어." 그 말을 남기고 다시 화장실로 들어가려는 아내에게

"이제 좀 쉬어, 나머지는 내가 할게"라고 말한 뒤 몸을 일으켜 밀걸레가 있는 베란다로 걸어갔다. 서재 방을 나오면서 나를 바라보는 아내의 얼굴에서 내 나른함을 뒤덮고도 남을 힘겨움이 있다는 것을 알아챘다. 내가 도와주지 않으면 그 수고로움을 누가 덜어 줄 수 있겠는가! 나는 좀 전 아내가 걸어 나왔던 등 뒤 그늘진 어둠 속으로 걸어 들어갔다.

세월이 덧대어져 침투하지 못할 만큼 두툼해진 살집 때문에 사랑의 온도가 전해지지 않는 건 아닐 것이다. 자기의 몸과 마음이 동심원에 가까워지려는 가벼운 상태일 때 타인의 마음

도 받아들일 수 있게 되는 것 같다. 이미 많은 욕심으로 채워진 몸과 마음은 귀를 닫고 자신의 습성에 길들어 살아가기 마련이다. 비단, 체중을 줄이는 문제만을 말하려는 것은 아니다. 얼음이 물이 되는 '해빙점'이란 게 있듯이 동화되어 가는 것, 그것은 하나로 흐르기를 선택하고 용해될 때 가능해진다.

우주가 무한으로 가더라도 거기에는 한계라는 패러독스 (paradox)가 만들어질 것이다. 옆에서 스치듯 해주는 말에 생기가 담뿍 담겨 있음을 알아채는 일은 그래서 신성해진다. 비록 지금 알든 모르든 내가 한 발만 내디뎌도 무한을 확실성으로 채울 수 있는 존재가 있다는 사실을 아는 날에는 달라져야 한다. 아내의 청소가 수월해지거나 쉽게 끝날 수 있는 것은, 나 역시 청소하는 사람일 때 가능할 수 있다는 얘기다.

그렇다면 무한성이 됐든 확실성이 됐든, 우리는 계속 확장해 가는 중일 것이다. 하지만 그러지 못하고 그저 바라보는 일은, 서로가 멀어져 가고 있다는 의미와 다르지 않다. 동심원의 접점으로 다가가자. 가슴과 마음이 있는 곳으로 같이 몸을 옮기는 일이 얼마나 거대한지, 그때 우리는 비로소 균등해지는 무한성을 알게 될 것이다.

# 나는 무엇무엇 씨

십 대의 끝에 있었을 때 나는 사막횡단이라는 여행을 꿈꿨다. 고난을 이겨 내는 인생 역정의 드라마를 상상했다. 이 밑도 끝도 없던 생각은 동창이던 친구와 한 약속이기도 했다. 그저 막연한 결의였고 이십 대, 사회라는 풍랑에 휩쓸리면서 아득하게 잊고 지냈다. 스무, 그 자체가 사막 어딘가에 툭 떨어진 것이나 다름없었다는 걸 그때는 몰랐다. 지금도 가끔 친구를 만날 때면 팍팍한 세상의 현실을 얘기하다가도 사막에 대해 그리워한다.

그러나 아직 그 풍랑의 바다도 헤어 나오지 못했으니, 사막여행은 위안거리도 되지 못했다. 사막에 완전히 묻힌 계획으로 남겨지고 말았다. 사막, 끝없이 펼쳐진 모래, 오아시스의

달콤한 안식과 향유, 쏟아지는 별들을 헤아리며 고뇌와 모험을 꿈꾸던 나는 존재해 보지 못했다. 사막횡단의 꿈은 시도되지 못했고, 젊은 삶 역시 좀체 나아가지 않았다. 떠오를 줄 알았던 희망의 태양은 바다에 익사한 지 오래였다. 이십 대의 젊음, 제대로는 고사하고 뜻대로 움직이지도 못한 채, 유령선으로 변모해 가던 때이기도 했다.

사막을 횡단하길 원했다면 바닷가 모래톱을 걷는 훈련이라도 쌓아야 했다는 걸 뒤늦게 깨달았다. 모래톱을 힘들여 밟고, 별을 헤아리며 항로를 고민하는 연습도 없이 살아온 삶이, 그동안 꾸준히 나를 사막에서 멀어지도록 만들었는지 모른다. 내게 모래톱은 단지 여름 휴가철 피서지로나 밟는 곳이 다였다. 그러니 드넓은 사막을 횡단하겠다는 포부는 언감생심에 불과한 일이다. 여느 마음같이 일어났다 사라지는 생각과 다를 바 없던 꿈이 됐다.

왜 우리의 다짐들은 물거품으로 바뀌는가. 그때는 생각 자체가 곧 습관이라는 것을 알지 못하던 때였다. 스스로 좋아하는 것과 친하지 않고서는, 그것이 자기의 삶이 되는 시간은 없다는 걸 몰랐다. 습관은 변화로 생긴 생채기가 굳어진 살과 다를 바 없다. 사막에서 고민했을 법한, 자신에게 자양분을 주지 못한 꿈의 씨앗은 싹을 틔우지 못하는 법이다. 오아시스를 세울 수 있게 해줄, 첫 번째 나무가 되기 위해서는 모래와 함께 한 습관이라도 맺었어야 한다.

그런 삶이라야 한다면, 모든 면에 있어서 나는 전혀 다르게 살아왔던 셈이다. 내가 곧 씨앗이라는 걸 알지 못했으니, 심어서 틔우려는 시도 또한 하지 못했다. 내가 씨앗임을 알고 작은 싹을 틔우려 노력했다면, 사막에서 오아시스를 이루는 첫 나무로 성장할 수 있었으리라. 그리고 계속해서 씨앗을 틔우는 변화에 동조했다면, 틀림없이 숲을 만들 수 있었으리라. 그렇다면 나는 조금 더 나은 인생을 살았을지 모른다.

내면은 밝지도 어둡지도 않으므로 바깥에서 들어온 빛이 밝다면, 그것으로 내부까지도 밝아진다. 이미 내면을 밝혔기에 눈에 들어오는 것임을 믿는다면, 안과 밖이 다르지 않다는 것을 이해하는 것이 된다. 현재는 늘 그러한 상태를 보이는 곳이기에, 씨앗의 나는 지금의 순간을 파고들어 큰 나무로 성장을 할 수 있었을지 모른다. 하지만 그때 나는 사막보다는 바다를 소유하기 위해 애쓰는 시간을 보내고자 생각했던 모양이다. 그러니 행복을 위한 준비의 시간을 충만하게 소유하려던 마음이, 사막에서 씨앗을 틔울 수 없게 만든다는 사실을 알지 못했다.

분명한 사실은 사막에서 씨앗을 틔우지 못했다는 점이다. 도토리 씨앗이 나무가 되기 위해서는 몇 가지의 조건들이 충족돼야 한다. 무엇보다 씨앗은 연약한 싹을 틔우기까지 따뜻한 불씨를 보듬고 있어야 한다. 하지만 나는 다른 욕망의 그림자에 가려 내면의 씨앗에 등불을 켜지 못했다. 굳어버린 습관 위에 욕망을 끌어당기는 것을 변화라 믿었고, 이유를 놓친 채 좌절을 반복하고 있었던 시기이기도 했다.

반복도 사는 것으로 착각하듯, 목적 없는 인생을 살면서도 우린 항상 목적이 있는 삶을 산다고 생각한다. 산 정상을 오르는 일, 프로젝트를 기획하고 성과를 내는 일, 아이가 우는 일, 출근 중에 생기는 일, 갑자기 처리해야 하는 일 등 모두 목적을 갖지 않는 일은 없다. 다만 목적이 실현되기까지 어떻게 살아가야 하는지를 간과할 뿐이다. 매일 어떤 목적으로 행동하지만, 우린 의식하기 힘들다. 내비게이션을 이용해서 목적지를 검색하고 경로를 탐색하고 그것만을 좇는다.

문제는 그때부터 현재 시각이 의미를 상실해 버린다는 데 있다. 목적지에 도착하는 시간이 내 삶의 현재로 전환된다. 이렇게 내가 머무는 현재의 시간과 도달하게 될 장래의 목적시간이 혼재하면서, 현재라는 삶의 기반이 목적 안에 가라앉아 버리고 만다. 우리가 이 순간을 단지 목적지를 위한 시간으로만 소비한다면, 몇 년의 시간을 달린다고 해도 비어 있는 시간 뿐이라는 걸 알게 될 것이다. 다른 욕망에 사로잡힌 채 차를 몰고 있는 자신을 변화의 주역으로 느낄 수 있을지 몰라도, 성취의 기쁨을 체험하는 순간까지 자신을 경험하지 못할 테니까. 목적지를 설정하되 욕망의 시간을 잊어버리는 것, 이것이야말로 지금의 내가 씨앗이 되게 해주는 충실한 삶의 길인 것 같다.

우리는 어느 때라도 무엇에 몰두하고 있을 것이다. 그리고 다음 세 가지 지향에서 그것을 알게 된다. 첫 번째 지향은 지나간 것에서 멀어지려는 욕망을 가진다는 점이다. 두 번째 지향은 시간을 조정할 수 없는 존재이기에 그 시간을 현재에 묶어두려는 욕망을 발휘하고자 한다. 우리는 온전히 오래 집중할 수 없는 의식의 소유자들이다. 그렇기에 미래와 현재의 이원성을 교묘히 꿈꾸려 한다. 말하자면 미래에도 손을 뻗으며 동시에, 미래 현재성을 끌어들이려는 세 번째 지향을 버리지 못한다. 하지만 지금에 그 어떤 시간도 동시에 배열할 수는 없다. 지금이라는 순간에는 욕망의 목적이 존재할 수 없다. 지금은 철저한 자기 인식에서 탄생하는 순간이기 때문이다.

그렇다면 나는 앞으로 어떻게 살아가야 하는가 질문을 던지지 않을 수 없다. 무엇을 하게 되더라도 그것에 맞는 자기 인식이 명확해야 한다. 내가 누구인지 파악한 후라야 구체적인 결과가 나타난다는 뜻이다. 물론 마음을 미래에 두지 말아야 한다. 목적이 현재와 관계해야 한다. 우리가 목표를 떠올릴 때 현재성을 잃듯이, '하는 것'밖에 어떤 것도 할 수 없기에, 오직 이 순간에서만 가능해야 한다. 자기 인식이 없다면 모두 흩어지고 만다. 자기 인식을 연후 '되게 하는 것'만이 진짜 성취로 이어진다.

일이 어려운 이유는 이 때문이라 말할 수 있을 것 같다. 나는 지금도 그 과정이 힘겹고 실패를 반복하고 있다는 걸 고백한다. 그렇더라도 계속 그 길을 고집하고 따라가야 한다. 그렇게 따라가는 날을 지속하면서 다음 두 가지를 나의 삶에 요구해 본다. 하나는, 고정된 단어나 언어에 붙잡히지 않는 삶을 살아보길 원하자. 다른 하나는, 지금보다 더 많고 좋은 사람과 어울림을 통해 새로운 나를 보이는 일이다. 언어는 그 자체만으로 자신을 전부 표현하지 못하기에 감옥이 될 수 있다. 한계에 빠지지 않으면서 이야기로 승화시킬 수 있길 희망하자.

되돌아보고 내 삶이 그동안 뜻대로 되지 못했던 이유를 꼽으니, 전체와의 어울림을 간과했기에 어려웠다는 점을 들 수 있다. 새로운 관계, 어울림을 통해 지금의 자신을 잘 드러내려는 노력이야말로 주어진 삶의 전반일는지 모른다. 비록 척박한 사막에서라도 내가 하나의 씨앗임을 늘 발견할 때, 나는 나무에서 숲으로 성장할 것이다. 자신이 모든 것의 씨앗임을 깨닫는다면.

# 당신은 우주의 마지막 퍼즐

2019년 초여름, 무더위를 피해 도서관을 찾았다. 들고 갔던 책을 펼쳤더니 심각한 내용이 담겨 있었다. 우주의 기원을 설명하는 천문학 교양서였다. 우주가 어떻게 생성됐는지에 관한 내용을 신비롭게, 신뢰가 갈 만큼 그럴듯하게 기술하고 있었다. 물론 대부분은 내가 모르는 내용들이었다. 빅뱅(Big-bang) 이론은 상상할 수 없는 에너지가 한 점에 집약돼 있다가 대폭발을 일으켜 우주가 시작됐다고 했다. 더군다나 모든 가능성은 1초 전에 0을 43개나 붙이는 영원의 순간이라는 특이점 상태에서 만들어졌다고 했다. 그러고 보면 지금껏 0이 얼마나 붙었겠나 싶은 게, 어쨌든 무한하다는 사실을 말하고 있었다.

책을 읽으면서 내 존재도 우주가 생겨난 방식과 크게 다르지 않다는 생각이 들었다. 하지만 그건 책을 잘 이해하지 못한 채 읽었다는 것을 의미했다. 기원에서건 이유에서건 나 역시 어머니의 몸속에 있었던 열 달의 시간에 관해 기억하고 있지 못한 것과 마찬가지다. 기억으로는 존재하지 못하는, 과학으로는 규명되지 않는 어떤 빈자리가 나를 계속해서 증명해 주고 있었다는 변함없는 사실만이 지금의 나를 대변해 주고 있는 것이리라. 기억에 없다고 해서 나의 존재로 불거진 모든 문제까지 실재하지 않았다고 주장할 수는 없는 노릇이다.

기억나지 않는 게 문제라면 '끝말잇기 게임'은 기억을 환기해 가는 방식의 게임이랄 수 있다. 중학교 때 기억인데 당시 한창 유행하던 놀이였다. 이 게임의 묘미는 우리가 평소 자주 사용하지 않거나, 존재하지 않는 단어의 첫 음을 제시함으로써 끝낸다는 점이다. 문제는 첫음절에 맞는 단어를 재빠르게 연상해야 하는 일이고, 마지막의 음소에는 없을 만한 단어를 이끄는 게 관건이다. 있어야만 하고 동시에 조합될 수 없는 단어를 빠르게 연상해 내는 일은, 말처럼 생각처럼 쉬운 일이 아니다. 우리가 흔히 쓰는 단어들이 승자임을 뒷받침하고 증명하는 것 같기에 놀라움을 느낀다.

그즈음 혼자서도 즐겨할 수 있는 놀이가 있었는데, 숫자 퍼즐을 맞추는 일이었다. 일련의 숫자를 섞어놓고 각각의 숫자로 된 조각을 번호 순서대로 맞추는, 일종의 게임 소도구였다. 퍼즐 보드에는 빈 곳이 한 칸 있었는데, 숫자를 순서대로 배열하기 위해서는 하나 남은 공간을 활용하는 게 관건이었다. 숫자 조각들을 순번에 맞도록 좌, 우, 상, 하로 움직이도록 하는 일은 민첩한 손놀림에 달려 있었다. 손가락이 다음 빈칸에 채울 조각을 옮기는 걸 반복하면서 숫자를 맞추다 보면, 빈칸은 마치 언제나 채워져 있는 공간으로 느껴질 정도였다.

손바닥 크기의 퍼즐은 위치를 바꿀 때마다 미닫이문 여닫는 소리처럼 들렸다. 그건 보드의 빈칸을 가로지르는 과정에서 나는 소리다. 시간이 지난 후에 알았지만, 이 공간은 막다른 골목임과 동시에 모든 조각의 출입구 역할을 한다. 나는 이 빈 곳이야말로 엉켜 이동하지 못하는 다른 조각들을 숨 쉬도록 해주는 생명의 공간이라 생각했다. 빈자리에서 방식을 만들고 굳건하게 채우는 일은 질서를 세우는 마법 공간과 같아 보였다. 그 빈 곳은 어떤 비밀을 간직하는 자리란 생각이 조각을 옮길 때마다 끊이지 않았다.

그런 빈자리에 대해서 헤어나기 어려운 매혹적인 경험을 하고도, 공포로 형편없이 절망했던 체험을 소개해야 할 것 같다. 오래된 5월 봄의 기억이다. 제주도를 일주하는 여행이었는데, 김녕미로공원이라는 관광명소였다. 영국인 미로 디자이너

'에드린 피셔'가 미로를 디자인했고, 조성된 공원의 규모는 작은 편에 속했다. 아내와 나는 입장료를 내고 미로공원으로 들어갔다. 그때는 공원의 규모가 예상한 것보다 작아 싱겁게 끝내고 공원을 나오겠거니 생각했었다. 다음 관광지를 염두에 둘 만큼, 아주 예사롭게 여겼다. 하지만 그게 절대, 그렇지 않았다.

아내와 나무로 만든 미로 바닥 진입로를 따라 천천히 걸어 들어가며 말했다.

"누가 먼저 빠져나가는지 시합해 볼까?"

"아니, 그냥 같이 가면 안 돼?" 아내는 따로 가길 원하는 눈치가 아니었다.

"쉬울 것 같은데, 가다 보면 금방 만날 수 있을 것 같아. 해 보자고!" 내가 거듭 재촉하자

"그래 알았어. 그럼, 핸드폰 가지고 있지? 이따 봐."

상록수 나무를 앞에 두고 절망해 본 적 있는가? 기도는? 그때 나는 처음 그 경험들을 했다. 달리 말해 나무 장벽을 마주하며 맞닥뜨린 한계 때문에 느낀 공포감 때문이었다. '피셔'가 나의 절망을 의도했는지는 알 수 없지만, 제주 미로공원의 설계자는 세계적인 미로 디자이너로 3년의 노력 끝에 만든 작품이라고 했다. 미로의 형태는 제주도의 모습과 닮았다고도 했다. 당시만 해도 제주도를 잘 모르던 나로서는 낯선 곳을 기대

하는 마음으로 다니는 여행이었다. 그런데 절망을 준비하지 않고 섣불리 미로공원으로 들어간 게 화근이라면 화근이었다. 미로를 따라 걷다 얼마 지나지 않아 어딘가에서 나는 완전히 길을 잃고 만 것이다.

노트에 그려진 미로 찾기는 눈으로 길을 따라가다 막히면 다시 연필을 되돌려 나오면 그뿐이다. 펼쳐진 도안을 들여다보고 눈으로 훑으며 따라가다 보면 손쉽게 출구를 찾을 수 있다. 하지만 같은 나무들로 높게 장벽을 세운 숲 안이 온통 미로라면 조금은 차원이 다른 문제다. 길과 나무들이 똑같아 보였기에 한동안 길을 따라 걷다 보면 최면에 걸린 듯했고, 그러면 영락없이 막힌 길이 나타났다. 처음은 힘차게 앞으로 걸어갔지만, 막다른 길이 나오면 한동안 모든 것이 멈춰버리고 말았다. 이제껏 걸어온 길은 막다른 길에서 나왔다는 느낌을 지울 수 없게 만들었다.

그때 아내의 상황이 어떤지 궁금했다. 같은 길을 걷고 있는 것은 아니었으니, 지금의 나보다는 나은 길을 걷고 있으리라 기대했다. 그러면서도 이상했던 건, 내가 걷는 미로에는 나밖에 없다는 점이다. 웬만하면 사람이 한 명이라도 있을 텐데, 그날은 무슨 일인지, 막다른 길에 들어서기까지 미로를 탐방하는 사람과 마주친 일이 없었다. 그때부터 시작된 것 같았다.

사람이 아무도 없다는 사실을 안 뒤로, 그리고 막다른 길의 형태가 불분명하다는 느낌을 동시에 받자, 나의 뇌는 호두알만큼 작아져 버린 것만 같았다.

영원히 출구를 찾지 못할 것 같은 두려움과 서두름이 땀으로 흘러, 내 앞에는 코끝의 공간밖에 없다는 생각에 사로잡혔다. 미로공원을 찾은 관광객들은 많았지만, 수군대던 소리도 점점 멀어질 뿐이었다. 막다른 길에 들어서고 나무 장벽이 나를 가로막은 게 이미 열두 번째였다. 나는 살려달라고 소리라도 지르고 싶은 심정이었다. 아내와 따로 출발했기 때문에 전화를 걸까도 생각했었다. 그러다 무심코 고개를 들어 보니, 저 멀리 종을 매달아 놓은 전망대 위에 유유히 걸어가고 있는 아내의 모습이 보이는 게 아닌가! 한가하게 종을 치려고 걸어가는 것처럼 보였다. 나는 전망대와의 거리감을 염두에 두고 되돌아 또다시 미로를 걷기 시작했다.

그리고 지금 밟고 있는 땅이 '결국은 출구와 연결된 것이겠지? 모두 하나의 길 위에 있는 것이다!'라는 자각이었다. 그런 생각이 유효해서였을까. 나를 빈칸에 밀어 넣으며 다른 곳으로 인도해 줄 분기점에 설 때까지 길을 지우자는 생각을 했다. 그리고 그곳에서 새로운 갈래 길이 나타난다면 이전처럼 힘차게 걸어가자 되뇌었다. 그러자 믿기지 않게도 얼마 지나지 않아, 나는 환함으로 꽉 찬 공간의 출구를 발견할 수 있었다. 그리고 종을 칠 수 있도록 만들어 놓은 전망대 계단도 밟을 수 있었다. 그 순간은 마치 영원히 빠져나올 수 없을 것 같은 공간에서 풀려나는 자유의 기쁨과 해방감을 느꼈다.

지금 생각해 보면 미로에서 출구를 발견하지 못하고 막다른 나무 벽과 마주하던 일이, 마치 숫자 퍼즐 보드의 빈칸처럼 연상된다. 그 빈자리는 조각들이 쉼 없이 채웠다가 빠져나가기를 반복하는 자리다. 그곳은 되돌아 나가는 자리, 끊임없이 새로움을 만드는 자리다. 사라지면서 출구를 찾게 만드는 자리이자, 지금이 만들어지는 처음과 끝의 자리였다는 것도 알게 해줬다. 퍼즐 게임기에서 빈 조각이야말로 마스터키가 되는 마지막 조각이라는 점까지도.

평화를 찾은 뒤 덤덤한 아내를 바라보면서 혼돈의 모든 과정이 끝났을 때, 전망대 아래가 출구라는 사실마저 알게 됐다. 놀라 주위를 둘러보니 마지막 구역에서 그리 멀리 떨어지지 않은 곳에 입구가 눈에 들어왔다. 퍼즐의 한 조각과 다름없는 내가 무한한 우주의 공간을 빠져나갈 수는 없겠지만, 그래도 내가 막다른 공간을 채우고 비워가면서 출구를 찾을 수 있었던 건, 나는 밀고 나가야 할 한 조각의 빈칸, 내가 채워야 할 이 우주의 마지막 퍼즐이라는 생각을 한 후가 아니었을까.

## 그대, 우주의 마지막 퍼즐

©소창길 2024

초판인쇄    2024년 11월 22일
초판발행    2024년 12월 09일

지은이    소창길
편집      이은하
표지      김영주

펴낸곳    숨맘 출판사
출판등록   2022년 3월 10일 제370-72-00449
주소      서울특별시 강북구 삼양로 159 나길 15
전자우편   moojooi@naver.com
블로그     blog.naver.com/moojooi

ISBN     979-11-989666-0-5 03810